Diogenes Taschenbuch 22438

Friedrich Dürrenmatt

Durcheinandertal

Roman

Diogenes

Die Erstausgabe erschien
1989 im Diogenes Verlag
Umschlagillustration: Varlin,
›Mann mit Hund‹, 1972/74
(Ausschnitt)

Veröffentlicht als Diogenes Taschenbuch, 1991
Alle Rechte vorbehalten
Copyright © 1989
Diogenes Verlag AG Zürich
200/91/43/1
ISBN 3 257 22438 9

Er sah aus wie der Gott des Alten Testaments ohne Bart. Er saß auf der Mauer der Straße, die im Durcheinandertal zum Kurhaus hinaufführt, als das Mädchen ihn bemerkte. Es hielt Mani an. Der Hund war größer als ein Bernhardiner, kurzhaarig, schwarz mit weißer Brust. Er zog den Karren mit dem Milchkessel, hinter dem das Mädchen stand. Das Mädchen war vierzehn. Es öffnete den Milchkessel und entnahm mit dem Schöpfer Milch und ging zu ihm. Es wußte nicht, warum. Der Gott ohne Bart nahm den Schöpfer, trank ihn leer. Plötzlich fürchtete sich das Mädchen. Es verschloß den Milchkessel, hängte den Schöpfer ein, gab Mani ein Zeichen, und der Hund rannte mit dem Mädchen und dem Karren so schnell zum Kurhaus hinauf, als fürchte er sich auch.

Der Gott ohne Bart hatte Humor. Nach dem Anliegen, das ihm Moses Melker vorgebracht hatte, brach er in ein Gelächter aus, das die noch tanzenden Gäste aus dem Takt und die drei musizierenden Tschechen – Klavierspieler, Geiger und Cellist –

zum Verstummen brachte. Freilich erst, nachdem sich Melker entfernt hatte, überzeugt, abgewiesen worden zu sein. Der Gott ohne Bart hatte mit keiner Wimper gezuckt. Der Grund seines nachträglichen Gelächters lag wohl vor allem darin, daß Melker vom Großen Alten sprach und daß der Gott ohne Bart meinte, Melker meine damit ihn, bis er dahinterkam, daß Melker mit dem Großen Alten Gott meinte. Den Gott mit Bart. Das Mißverständnis war verständlich. Moses Melker scheute sich, das Wort ›Gott‹ auszusprechen, und so sprach er denn stets vom Großen Alten, denn er konnte sich Gott nur als mächtigen uralten Mann mit einem gewaltigen Bart vorstellen, und daß der Mensch sich Gott vorstellen durfte, war für Melker das »christliche Glaubensaxiom schlechthin«. Das dem Glauben Feindliche, ihn Zersetzende, war die Abstraktion, nur an einen persönlichen Gott konnte man glauben, und eine Person konnte nicht abstrakt sein, darum scheute er sich auch vor dem Wort ›Gott‹, es war abgenutzt, die meisten verstanden darunter etwas Unbestimmtes, Vages, für Melker dagegen war es der »Große Alte«. Es war daher nicht verwunderlich, daß der Große Alte verwirrt wurde, als Moses Melker ihn fragte, ob er sich bewußt sei, in der Gnade des Großen Alten zu leben, und ob er helfen wolle, aus Dankbarkeit dem Großen Alten gegenüber eine Erholungsstätte für die vom Großen Alten begnadeten Millionäre zu errichten. Erst im weiteren Verlauf des Gesprächs legte sich die Verblüffung des Gottes ohne Bart und wich einer staunenden Heiterkeit, war er doch mächtiger als der Gott mit. Nicht daß er die Welt in sechs Tagen geschaffen und sie darauf gut gefunden hätte wie der Gott mit Bart, er hätte sie in einigen Minuten, in Sekunden, besser, in einem Bruchteil von Sekunden, genauer, in Bruchteilen von Bruchteilen von Bruchteilen davon, mit einem Wort plötzlich, auf der Stelle, sofort geschaffen und sie auch für einen guten Witz befunden. Auch sonst – nimmt man ihn aus dem theologischen Bereich – war der Gott ohne mächtiger als der Gott mit Bart, stellten sich doch bei ihm nicht solche Fragen wie die, ob er, wenn er allmächtig sei, einen Stein schaffen, den er nicht aufheben, oder ob er Geschehenes ungeschehen machen könne: Seiner Macht grübelte kein Theologe nach, und was seine Allmacht betrifft, so äußerte sie sich mehr in seiner Unfaßbarkeit. Keine Regierung und keine Polizei versuchte ihn zu ergreifen, zu viele Fäden liefen bei ihm zusammen. Wem allem hatten nicht seine Banken und die Banken, die mit den seinen in Verbindung standen, Nummernkonten verschafft, bei welchen Multis besaß er nicht die Aktienmehrheit, und bei welchen Waffenschiebungen großen Stils hatte er nicht die Hände im Spiel, welche Regierung korrumpierte er nicht, und welcher Papst fragte nicht bei ihm um eine Audienz nach? Seine Herkunft lag im Ungewissen. Es gab nur Legenden darüber. Eine wollte wissen, er sei 1910 oder 1911 aus Riga oder Reval mausearm nach New York gekommen, wo er in Brooklyn »zehn Jahre lang auf nacktem Fußboden geschlafen« habe. Dann sei er Kaftanschneider geworden und habe bald darauf die Textilbranche beherrscht, doch stamme sein sagenhaftes Vermögen aus dem Zusammenbruch der New Yorker Börse im Oktober 1929, er habe eingesackt, was pleite ging. Niemand wußte, wie er hieß, die, welche wußten, daß es ihn gab, nannten ihn den Großen Alten. Er sprach nur Jiddisch, schien aber sämtliche Sprachen zu verstehen, so wie sein Sekretär Gabriel, ein wimpernloser Albino in Smoking und mit langen weißen Haaren, stets um die Dreißig herum, alle Sprachen beherrschte, denn er übersetzte die kurzen jiddischen Anweisungen seines Herrn in die Sprache derer, die den Großen Alten um Rat fragten. Sie taten es zitternd. Nicht ohne Grund. Sein Rat konnte gut sein oder tückisch. Der Große Alte war unberechenbar und nicht einzuordnen. Viele vermuteten, er sei unter anderem der Boß der Ost- und Westküste. Unter anderem. Freilich ohne Beweis. Einige hielten Jeremiah Belial für seinen Stellvertreter, einen aus Buchara über die Bering-Straße eingeschleusten Teppichhändler. Andere meinten, die beiden seien identisch, während es Kenner gab, die behaupteten, es gebe keinen von beiden. So war es denn auch zweifelhaft, ob irgend jemand wußte, wer der schweigsame alte Mann war, der mit seinem Sekretär im riesigen und vergiebelten Kurhaus im Unteren Durcheinandertal abgestiegen war, gebaut in der Mitte des vorigen Jahrhunderts, und den obersten Stock des Ostturms belegt hatte. Er war auf seltsame Weise gekommen. Auf einmal war er da. Die Kellner bedienten ihn und Gabriel automatisch. Sie nahmen an, er gehöre zu den Gästen, auch der Portier, auch Direktor Göbeli, dem das Kurhaus gehörte, nahmen es an. Er fiel niemandem auf, und als er wieder verschwand, vergaß man, daß er dagewesen war. Er war ein Gast unter Gästen. Außer Form, die Verdauung in Unordnung, das Herz mochte nicht recht, der Alterszucker machte zu schaffen. Die stillen Wälder, der Spazierweg zur Heilquelle, von der er jeden Morgen drei Gläser trank, stets von Gabriel begleitet, das Vieruhrkonzert mit vorwiegend klassischer Musik taten ihm wohl.

Wenn schon im Kurhaus niemand ahnte, daß sich der Große Alte unter den Gästen befand, um so weniger konnte im Durcheinandertal das Dorf, ein Genist von alten, baufälligen Häusern, von seinem Aufenthalt wissen. Der Glaube an ihn wäre sonst wieder etwas aufgeflackert. Jetzt schrieben nur einige Weiblein hin und wieder seitenlange Ergüsse, aber es war fraglich, ob die Briefe auf den Gesellschaftsinseln, in Nieder-Kalifornien, in Westaustralien, ja gar auf dem König-Haakon-Plateau der Antarktis ankamen, wohin sie adressiert waren, sie wurden weder zurückgeschickt noch beantwortet. So vermochte denn auch die alte Witwe Hungerbühler ihren täglichen einseitigen Briefwechsel nur aufrechtzuerhalten, weil sie die einzige wohlhabende, wenn nicht gar reiche Frau im Dorfe war. Ihr Mann, Ivo Hungerbühler, hatte vor vier Jahrzehnten seine Schuhfabrik im Sankt-Gallischen verkauft und war der einzige gewesen, der im Dorf eine Villa gebaut hatte, die sich nur schwer ins Tal einfügte. Den Schuhfabrikanten hielten alle für verrückt, wer zog schon in dieses Dorf und baute sich eine Villa. Daß er verrückt war, zeigte sich nach der Einweihung des Hauses, die sehr harmonisch verlief, sah man von der Tatsache ab, daß Frau Babette Hungerbühler ihrem Gatten eine Szene machte, als er mit der Zigarre ein Loch in den alten

Kirman brannte. Sie sagte vor allen Gästen zu ihm: »Aber, aber Vati.« Kaum hatten sich die letzten Gäste verzogen, knüpfte er seine Frau und dann sich am Sturz der Türe auf, die vom Salon in den Garten führte. Ein Gast, der seinen Autoschlüssel vergessen hatte, kehrte zurück und schnitt die beiden ab. Der Schuhfabrikant war tot, wobei der Arzt freilich meinte, Ivo Hungerbühler habe sich erst beim Herunterfallen das Genick gebrochen, während die Witwe zwar noch lebte, aber nicht mehr reden konnte. Seitdem schrieb sie an den Großen Alten Briefe. Das Dorf selber, bewohnt von etwa achtzig Familien, lag dem Kurhaus gegenüber auf der andern Seite der Schlucht, die der Fluß gesägt hatte. Das Tal war sonderbar verquer gestaltet. Die Sonnenseite war bewaldet, nur das Plateau mit dem Kurhaus, dem Park, dem Schwimmbad und den Tennisplätzen war frei, der Wald war steil, unten ein Tannen-, wurde er oben ein Lärchenwald und endete unter der Felswand des Spitzen Bonders, eines dolomitenartigen Kletterberges. Dagegen war die Schattenseite des Dorfes unbewaldet, einige Hütten standen weiter oben sinnlos herum, alles zu steil, um bebaut zu werden, und zu tief gelegen, um für den Wintersport in Frage zu kommen. Von den Familien, die aus dem Dorf stammten, waren nur die Pretánders und die Zavanettis etwas bekannt. Ein Pretánder war einmal Nationalrat und ein Zavanetti Kantonstierarzt gewesen. Jetzt hieß nur der Gemeindepräsident Pretánder, vor langen Jahren noch der Pfarrer, der mit leiser Stimme Gottes Wort verkündet hatte. Wie solle einer dieses verstehen, wenn er Pretánder nicht verstehe, hatte achselzuckend der Kantonale Kirchenpfleger geseufzt, ihn aber gelassen. Doch nach des alten Pretánders Tod meldete sich niemand mehr, so daß einmal im Monat einander abwechselnde Pfarrherren aus dem Kanton vor leeren Bänken predigten, in denen nur hin und wieder ein Kurgast saß. Die alte schiefe, regendurchlässige Kirche war zu unbedeutend, um unter Denkmalschutz zu kommen, und zu leer, um renoviert werden zu müssen, während der Bischof in der Kantonshauptstadt mit dem Gedanken spielte, bei der Kurhausquelle eine Wallfahrtskapelle zu errichten, trotz der stockprotestantischen Gegend. Der Kurhausdirektor und -besitzer Göbeli garantierte ein Wunder, seine Tochter hinke bereits, doch Rom winkte ab. So wurde eine katholische Kapelle nicht gebaut und die protestantische Kirche langsam abmontiert, brauchte man Holz. Und man brauchte Holz, lebten doch viele davon, daß sie alte Bauernkommoden, Schränke und Stühle verfertigten, aber auch Spazierstöcke und Hirsche, in großer Ausführung als Schirmständer zu benutzen, in kleiner als Aschenbecher, ans Geweih konnte man bei den großen die Hüte hängen, bei den kleinen die Asche abstreifen. An die Kirche schmiegten sich das verfallene Pfarrhaus, an das lehnten sich die Dorfpinten ›Zum Spitzen Bonder‹, ›Zum Eidgenossen‹, ›Zur Schlacht am Morgarten‹, ›Zum General Guisan‹ und ›Zum Hirschen‹. Im Genist der Häuser waren nur die Konfiserien, die Garage, der Hof des Gemeindepräsidenten und das Feuerwehrdepot intakt. Die Konfiserien, weil sie das Kurhaus mit Brot und Brötchen, Semmeln und Hörnchen versorgten und sich in ihren Tea-Rooms die vielen Diabetiker, die seit jeher einen Teil der Sommergäste ausmachten, ungenierter mit Süßigkeiten vollstopften, als das im Kurhaus schicklich gewesen wäre; die Garage, weil die Abgelegenheit des Kurhauses einen Taxistand notwendig machte; der Hof des Gemeindepräsidenten, weil dieser die Milch lieferte, sommers mit einem Karren, winters mit einem Schlitten, gezogen vom kurzhaarigen Hundeungetüm, schwarz mit weißer Brust und mächtigem Kopf. Der Gemeindepräsident wußte nicht, woher das Vieh stammte. Niemand wußte es, und es hatte auch niemand je so ein Tier gesehen. Es war auf einmal da, als Pretánder den Stall betrat, und schmiegte sich so heftig an ihn, daß er hinfiel.

Der Gemeindepräsident fürchtete sich auch zuerst vor dem Hund, gewöhnte sich aber an ihn und konnte endlich nicht mehr ohne ihn leben. Das Feuerwehrdepot endlich war noch brauchbar, weil es eine vom Kanton gespendete moderne Motorfeuerspritze enthielt. Nicht um das Dorf zu schützen, da hätte der Kantonalen Feuerpolizei die alte Handpumpenspritze vollauf genügt, sondern des Kurhauses wegen, wozu das Kantonale Tiefbauamt dessen Hauptgebäude mit seinen zwei mit je einem Turm ausgestatteten Nebenflügeln mit Hydranten umstellt hatte. Das Dorf lebte vom Kurhaus, stellte ihm den Sommer über das nötige Personal für Wäscherei, Roomservice, Liftboys, Kofferträger, Gärtnerei und Parkdienst, Kutschenfahrten und 1.-August-Feier (Pyramide des Turnvereins) und wurde von Kurgästen durchstöbert, die, was das Dorf produzierte, als Heimatkunst abschleppten. Stand das Kurhaus im Winter leer, sank das Dorf in seine Bedeutungslosigkeit zurück.

Moses Melker hatte sich an den Gott ohne Bart, am Abend bevor dieser aus dem Kurhaus verschwand, mit seinem Anliegen herangemacht. Genauer gegen Mitternacht. Der Große Alte saß neben seinem Sekretär und betrachtete die Gesellschaft, die sich angesammelt hatte, nicht eigentlich reich, aber wohlhabend, alle gesundheitlich angeschlagen, tapfere herumhumpelnde Skisportgeschädigte, alte, im Tanz sich drehende oder müde in den Polstersesseln versunkene Paare, während die drei Tschechen, die jede Saison kamen und denen das Kurhaus, das Dorf samt dem Durcheinandertal und dem Spitzen Bonder längst zum Halse heraushingen, gleichsam im Tiefschlaf weiterspielten und nach den letzten Tangos und sogar Boogie-Woogies ein Schubert-Potpourri anstimmten, ›Im Bache die Forelle‹, ›Leise flehen meine Lieder‹, ›Das Wandern ist des Müllers Lust‹, ›Ave Maria‹. Melker glich einem weißen Buschneger, war kleingewachsen, hatte wulstige Lippen und einen kurzgestutzten krausen und schwarzen Bart. Daß es seine theologischen Gedanken waren, die den Großen Alten nachträglich in ein Gelächter ausbrechen ließen, ist möglich, wie ihn ja all die Spekulationen amüsierten, die über den Gott mit Bart aufgestellt wurden, auch möglich, daß der psychologische Grund, der zu Melkers Theologie führte, den gerissenen Menschenkenner zum Lachen brachte. Melker war im Emmental aufgewachsen als unehelicher Sohn einer evangelischen Magd. Sein Vater war ein katholischer Knecht gewesen. Seine Pflegeeltern, die er als Waisenkind lange als seine echten Eltern betrachtet hatte, waren Säufer gewesen, aber sie hatten ihn nie verprügelt, sondern nur einander, so sehr, daß ihnen die Kraft fehlte, ihn auch noch zu verprügeln; nie mehr im Leben war er seither so glücklich gewesen wie in jenen Nächten, wo die beiden sich blutig geschlagen hatten, das Gefühl nichts zu besitzen und nichts zu sein, bloß in Sicherheit zu sein. Dann nahm sich der Dorfpfarrer seiner an. Er war der einzige, der während der Kinderlehre und des Konfirmandenunterrichts nicht Unfug trieb oder einschlief. Der Dorfpfarrer schickte ihn nach Basel. Er wurde in der Pilgermissionsanstalt Sankt Chrischona als Missionar ausgebildet, aber aus Furcht, die Heiden könnten vor ihm erschrecken, nicht auf diese losgelassen. Doch Moses Melker hatte andere Heiden im Sinn als die Pilgermission. Er war durch die Erkenntnis erleuchtet worden, das Bibelwort »selig sind, die da arm am Geiste sind, denn das Himmelreich ist ihr« bedeute, nur der sei glücklich, der materiell arm sei, weil ihn der Große Alte (womit er den Gott mit Bart meinte) zu dieser Armut bestimmt habe, wogegen nur der Reiche der Gnade Gottes bedürfe, um glücklich zu werden. Moses Melker beschloß, die Reichen zu bekehren. Seine Bücher ›Der rätselhafte Nazarener‹, ›Himmlische Hölle‹, ›Der positive Tod‹, ›Die tapfere Sünde‹ und vor allem seine ›Theologie des Reichtums‹ erregten Aufsehen.

Während Barth ihn ablehnte und Bultmann schrieb, es sei ihm herzlich gleichgültig, aus welchen Gründen er in den Himmel komme, wenn er nur komme, entdeckten einige in Melkers Theologie des Reichtums eine Theologie der Armut, des Unerbittlichen nämlich, die Erkenntnis, daß die Gnade durch nichts berechtigt werden könne, mache ihre Unerbittlichkeit aus. Nur der Verworfenste könne der Gnade voll und ganz teilhaftig werden (Cajetan Sensemann S. J. zog daraus die absonderlichsten Schlüsse über das Vorleben der Jungfrau Maria und wurde exkommuniziert), indem Melker die Armut aus der Gnade nehme, aus der Unberechenbarkeit ins Berechenbare, Berechtigte transponiere, werde sie an sich selig, geheiligt, werde der Arme als der Erlöste erkannt, damit aber als der allein Mündige, zur Revolution Berechtigte, so daß Moses Melkers Theologie sich gleichsam wie die Philosophie Hegels in einen rechten und einen linken Flügel aufspaltete. Melker nahm dazu nicht Stellung. Seine Theologie stellte ein Brett über einen Abgrund dar. Doch weil aus dem Abgrund der Schweiß dampfte, den der Clinch verursachte, in welchem seine enorme Häßlichkeit mit seiner monströsen Sinnlichkeit lag, hatte er noch ein zweites Brett über den Abgrund nötig: seine an die Marienverehrung der Päpste gemahnende Vergötterung seiner zwei verstorbenen Ehefrauen Emilie Lauber und Ottilie Räuchlin und seiner lebenden Gattin Cäcilie Räuchlin, der Schwester der Verstorbenen. Er verdankte den dreien die feudale Villa, in welcher er im Emmental ob Grienwil hauste. Die Toten waren ebenso reich wie häßlich gewesen, die dritte reicher und häßlicher als ihre Vorgängerinnen; die erste Besitzerin einer Gummiwarenfabrik, die zweite Mitinhaberin eines Zigarrenkonzerns, die dritte nach dem Tod ihrer Schwester Alleininhaberin. Seine erste brach sich das Genick, als sie in einer Eiche herumkletternd behauptete, sie sei der Erzengel Michael, und die zweite ertrank auf der Hochzeitsreise im Nil. Doch war Moses Melker seines erworbenen Reichtums nicht froh, wer heiratet schon aus reiner Liebe hintereinander gleich drei mächtige, schwerreiche, aber häßliche Frauen. Er fühlte das blinzelnde Mißtrauen, ließ er sich mit seinem Rolls-Royce vorfahren, um den Verdacht zu widerlegen, erklärte sich Moses Melker als mittellos, ja nannte sich selber den Armen Moses. Sein angeblicher Reichtum gehöre immer noch teils seinen zwei gottseligen Witwen, wie er sich ausdrückte, da die zwei Verstorbenen im Himmel gleichsam seine Witwen seien, teils seiner nicht minder geliebten, noch lebenden Cäcilie. Sogar was er von seinen Büchern erhalte, falle seinen

Gattinnen zu, da er ohne ihr Geld seine Wälzer nie hätte schreiben können. Der Große Alte sah genauer. Bretter über einen Abgrund stürzen unvermutet ein. Moses Melker konnte sich nicht vorstellen, daß gerade häßliche Männer auf die schönsten Frauen erotisch zu wirken vermögen. Sein sexuelles Minderwertigkeitsgefühl war so enorm, daß ihn sogar die Eroberung gleich zweier Millionärinnen deprimierte, die ebenso häßlich waren wie er und sich mit Leichtigkeit mit schönen Männern hätten eindecken können. Denn kaum hatte er eine erobert, begann es im Abgrund wieder zu brodeln. Finsterer Verdacht stieg auf, Emilie Lauber habe ihn nicht seiner männlichen Vorzüge, seiner sexuellen Gier wegen geheiratet, die in ihm wütete, sondern seine religiöse Hilfskonstruktion habe sie verführt, womit er aus dem Sumpf seiner Komplexe zu klettern versuchte. Daß sie sich dann noch einbildete, der Erzengel Michael zu sein, mußte ihn zur Raserei bringen. Hielt der Große Alte Moses Melkers Beihilfe am Absturz von einer Eiche seiner ersten für wahrscheinlich, sei es, daß er ihr nachgeklettert war, sei es, daß er den Ast, auf dem sie zu sitzen pflegte, angesägt hatte (wer forscht bei einem Gottesmann schon nach), so war der Große Alte sicher, daß Melker seine zweite Gattin persönlich in den Nil gestoßen hatte. Eine Hochzeitsreise von

Assuan nach Luxor, der ein Besuch von Abu Simbel voranging, konnte nur Ottilie Räuchlin eingefallen sein. Moses Melker mußte angesichts der Monumentalstatuen Ramses' II. wie ein genmanipulierter Schimpanse gewirkt haben. Der Große Alte sah im Geiste Ottilie Räuchlin vor sich. Sie war erhaben, mächtig und häßlich. Der Große Alte achtete sie so, wie er Moses Melker belachte. Er liebte deren Souveränität, sie hätte sich Männer je nach Laune und Gusto halten können, wer wäre nicht gern mit Hilfe ihrer Millionen in ein angenehmeres Leben gestartet. Doch mit einem Schönling als Gatten hätte sie ihre Häßlichkeit betont, mit Moses Melker zeigte sie, daß sie sich nichts aus ihr machte. Diese Demütigung vermochte Melker nicht zu ertragen. In der Nähe von Edfu stand der Mond über dem Nil. Melker befand sich mit Ottilie Räuchlin allein auf Deck. Moses Melker nahm zähnefletschend einen Anlauf und wäre beinahe ihr nachgefallen. Niemand hörte das mächtige Platschen. Sie war so überrascht, daß sie nicht einmal schrie. Schmuckbeschwert ging sie wie ein Stein unter. Moses Melker vergaß seine Tat augenblicklich. Die Bretter der Theologie klappten den Abgrund zu, kaum hatte er gehandelt. Er ging in seine Kabine und begann ›Von zwei Engeln geführt‹ zu schreiben, seinen Bestseller, in über dreißig Sprachen übersetzt, eine Huldigung an seine zwei ermordeten Frauen und ihnen gewidmet. Erst am nächsten Morgen, gegen Mittag, meldete er verstört dem Kapitän, seine Frau sei aus ihrer Kabine verschwunden. Man suchte, fand nichts und schöpfte keinen Verdacht. Seine Trauer war echt. Er hatte keine Ahnung mehr. Doch als er ob Grienwil in seine Villa zurückkehrte und das Schlafzimmer betrat, kam ihm die Erinnerung wieder. Im Ehebett lag gewaltigen Busens, dreikinnhoch seine Schwägerin Cäcilie Räuchlin, in einem durchsichtigen Seidenhemd, auf ihren Bäuchen lagen Pralinenschachteln, und sie rauchte Zigarren und las einen Kriminalroman. Cäcilie Räuchlin schaute Moses Melker an, rauchte und las weiter. An ihrem Blick hatte Melker erkannt, daß sie alles wußte. Er kroch zu ihr ins Bett und in seine dritte Ehe.

Das sind natürlich nur Hypothesen, das Gelächter des Großen Alten zu erklären, und auch die zwei Leichen im Abgrund des Unterbewußtseins des Theologen sind Hypothesen, die Welt ist nicht immer so makaber, wie sie sich der Große Alte vorstellte, wenn auch meistens makaberer. Doch gesetzt, die Geschichte, die hier erzählt ist, stellt eine sowohl durcheinander- als auch durchgehende Geschichte dar, wo sich eines aus dem anderen und durch das andere entwickelt, und nicht ein Bündel von Geschichten ohne Zusammenhang, wird der Grund des Gelächters in einem Hintergedanken zu suchen sein, auf den der Große Alte gekommen war, sei es nun durch Melker, durch dessen drei Ehen oder durch dessen Theologie. Möglicherweise. Einer der Rechtsanwälte von Raphael, Raphael und Raphael wurde jedenfalls hinzitiert, wobei freilich nie auszumachen war, von wem. Einer der drei, wobei jedoch niemand zu sagen wußte, welcher, ob es sich um den Seniorchef, den Chef oder den Juniorchef handelte, auch in der Minervastraße 33 a in Zürich im Büro der Anwälte war man unsicher, einige behaupteten, es gebe nur einen Raphael, andere, der Seniorchef und der Chef seien Zwillingsbrüder und nicht voneinander zu unterscheiden, während der Juniorchef gestorben sei, auch gab es noch andere Versionen. Wußte niemand, wer da flog, so wußte der nicht, der da flog, wohin er flog, denn er wurde stets anderswohin geflogen, aber auch zu wem, war nie festzustellen. Das Flugzeug war fensterlos, und es war unmöglich, ins Cockpit zu gelangen, und beim Abflug war in den Champagner ein Schlafmittel gemischt, ohne daß je ein Steward zu sehen war. Die holprige Piste, auf der das Flugzeug diesmal landete, grenzte an einen Golfplatz. Als der Rechtsanwalt die Maschine verließ, stand er auf einem Green. Überall lagen Golfschläger herum, viele verrostet, und Golfbälle. Die Sonne stand tief, es mußte gegen Abend sein. Am Ende des Golfplatzes stand ein weißes langgestrecktes Gebäude, dem durch die Kuppel, die sich unvermittelt über einen seiner Seitentrakte erhob, etwas Vatikanartiges anhaftete. Es stand unmittelbar am Rande einer Steilküste, war unbeschreiblich verlottert, und die Fenster waren eingeschlagen. Einst mußte das Gebäude ein Hotel gewesen sein, doch vor langer Zeit, so dicht war in den leeren Räumen das Genist von Spinnweben, und aus den Nestern, die über den Fenstern und Türrahmen klebten, flatterten Vögel. In einem Korridor irrte eine handgroße Spinne herum. Die Toilette luxuriös, aber verkotzt. Unter der Kuppel befand sich der Festsaal. Ein immenses Büffet war aufgebaut, doch offenbar seit Monaten, es war verschimmelt und mit Fliegen überkrochen. Der Ozean (oder der Atlantik) war tiefblau, hellte sich gegen den Horizont hin auf. Ein ächzender Wagen einer Drahtseilbahn führte zum Meer hinab, ein leerer Wagen ächzte ihm entgegen, und am Strand lag ein Mann. Er trug eine alte Smokinghose, Füße und Oberkörper waren nackt, auf der Brust ein weißes Haargewirr, das Gesicht von einem Sombrero verdeckt. Vielleicht war es der Große Alte, vielleicht war es nicht der Große Alte. Er schlief auf einer Matratze, aus der Roßhaar quoll. Ein hagerer Mann, nur mit einem Ärztekittel bekleidet, vollkommen kahl, mit einer goldenen randlosen Halbbrille, über welche die Augen in einem intensiven Blau strahlten, so daß er aussah wie von El Greco gemalt, stand beim Schlafenden und zog eine Spritze auf. Gegen das Ufer zu, durchnäßt, Pornohefte, ›Stielers Handatlas über die Theile der Erde und über das Weltgebäude‹, erschienen bei Justus Perthes 1890, ›Meyers Konversationslexikon in 18 Bänden 1893–1898‹, ›Die Philosophie im Boudoir‹ des Marquis de Sade, Unmengen von Telefonbüchern, von Karl Barths kirchlicher Dogmatik der dritte Band: ›Die Lehre von der Schöpfung: Über das göttliche Regieren‹, Stöße von Börsenberichten, ›Der Spiegel‹, die ›Biblia Hebraica ad optimas editiones imprimis Everardi Van der Hooght‹, weitere Hefte und Schwarten, dazu Berge von ungeöffneten Briefen, sie bedeckten den ganzen Strand, immer wieder überspült von der Brandung, dazwischen funkelten überall unzählige Taschen- und Armbanduhren aus Blech, Silber, Gold und Platin. Die Sonne war höher gestiegen. Es mußte nicht Abend, sondern Morgen sein. Die Drahtseilbahn ächzte wieder hinauf und herunter, ihr entstieg ein Albino mit langen weißen Haaren, im

Smoking, und kippte aus einem Papierkorb ungeöffnete Briefe zu anderen ungeöffneten Briefen. Die Drahtseilbahn ächzte wieder hinauf und herunter. Der Mann unter dem Sombrero erwachte und begann zu lachen. Dann gab ihm der hagere Kahle die Spritze, und der Mann unter dem Sombrero schlief wieder ein. Der Rechtsanwalt bestieg die Drahtseilbahn und fuhr hinauf.

Wieder in der Minervastraße, fiel es dem Rechtsanwalt ein, weshalb ihn der Große Alte hatte kommen lassen (falls es der Große Alte gewesen war): Er ließ das Kurhaus samt Inventar aufkaufen, obgleich er nicht wußte, wozu und woher das Geld stammte, das ihm plötzlich zur Verfügung stand, und auch Kurhausdirektor Göbeli wußte nicht, weshalb er das Kurhaus verkaufen sollte, ein Göbeli hatte es gegründet, ein Göbeli übernommen, und er führte es weiter, es rentierte wie nie zuvor, und auch dem Dorf gegenüber fühlte sich Göbeli verpflichtet, aber die Summe, die ihm von einem Notar in der Kantonshauptstadt im Auftrag der Minervastraße geboten wurde, war derart phantastisch, daß er sogar die Bedingung akzeptierte, das Kurhaus, worin er doch wohnte, nach der Sommersaison Hals über Kopf zu verlassen. Göbeli sah sich nach günstigen Steuern um und zog nach Zug, und dem Rechtsanwalt, nachdem er das Kurhaus gekauft hatte, fiel es wieder wie Schuppen von den Augen: Der Reichsgraf von Kücksen hatte einen Coup gelandet, obgleich es dem Rechtsanwalt schleierhaft war, wieso er auf einmal wußte, daß der Reichsgraf einen Coup gelandet hatte und wie dieser zustande gekommen war. Am rätselhaftesten war es dem Rechtsanwalt aber, wieso er auf einmal wußte, daß es so einen Reichsgrafen überhaupt gab, war doch dieser Liechtensteiner, Bewohner eines Zwergstaates, 169 km² groß, dessen Steuersatz derart niedrig ist, daß er die Vermögen finanzkräftiger Individuen wie ein Magnet anzieht. Der Reichsgraf, gegen siebzig, leitete sein Geschlecht von Pippin dem Mittleren ab, dem Urgroßvater Karls des Großen, und sagte von den liechtensteinischen Fürsten, na ja, die könne man gerade noch zum Adel zählen. Er war eine massige, stattliche Erscheinung von einer unzeitgemäßen Eleganz, der ein Monokel und ein strohblondes Toupet trug und auf eine rätselhafte Weise nie lächerlich wirkte. Sein Adoptivsohn Oskar war nicht minder sorgfältig, wenn auch zeitgemäß gekleidet. Er zählte zu jenen Unpersönlichkeiten, die ständig mit anderen Unpersönlichkeiten verwechselt werden, die Welt scheint von stets glattrasierten, schlanken, wohlparfümierten, krawattentragenden, dunkelgekleideten, gescheitelten Oskars zu wimmeln. In Vaduz war er im Antiquariat von Kücksens beschäftigt und verkaufte Möbel des verarmten österreichischen Hochadels und gefälschte Fehldrucke liechtensteinischer Briefmarken, fragte jemand nach weiteren Raritäten, wurde er von einem Chauffeur zum Schlößchen unter den Drei-Schwestern geführt (wer kennt schon die Geographie dieses Zwergstaates), wo der Reichsgraf inmitten seiner berühmten Schätze hauste, Bilder von Tizian, Rubens, Rembrandt, Breughel, Goya, El Greco waren zu bewundern, alle unecht, aber mit Zeugnissen weltbekannter Fachmänner versehen, sie könnten vielleicht echt sein. Erschauernd ob der Möglichkeit eines Bombengeschäfts, wandelten die Besucher durch die Galerie. Die Preise der Fälschungen waren hoch, aber eben, sie konnten echt sein, und so sehr waren die Besucher in Gedanken versunken, daß sie sich vom Hundegekläff nicht stören ließen, das vom Schloßpark heraufdrang, denn der Reichsgraf hielt einen berühmten Hundezwinger, seine Dobermänner waren ebenso bekannt wie seine Fälschungen. Was aber die Auseinandersetzung zwischen ihm und seinem Adoptivsohn betrifft, im Verlauf derselben der Reichsgraf diesem einen falschen Frans Hals über den Kopf stülpte, das Bildnis eines Mennonitenpfarrers mit wulstigen Lippen und einem kurzgeschnittenen krausen und schwarzen Bart, so mag der Anlaß durchaus ein Sarganser namens Edgar gewesen sein, der immer öfter im Antiquariat die Kunden statt Oskars anlächelte und mit diesem jedesmal verwechselt wurde. Ein nebensächlicher Grund angesichts der Wirkung: Durch die Restauration war ein Zeugnis zustande gekommen, der Frans Hals sei doch echt, worauf ihn die Gulbenkian-Stiftung für vier Millionen Dollar kaufte und Edgar adoptiert wurde.

Das Hochgefühl des Reichsgrafen, einer der erfolgreichsten seiner Branche zu sein, währte nur bis Ende November. In einem Penthouse über dem Hudson wurde er von einem mickrigen Asiaten undefinierbarer Rasse empfangen, dem pechschwarze Haarsträhnen wie Kohlestriche an der Glatze klebten, der aussah, zugeknöpft in einen Bratenrock, mit schwarzen Fingernägeln, als sei er eben dem Kamin entstiegen, an dem er saß. Von Kücksen versuchte diesem schwerreichen Kirgisen, Samojeden, Tungusen, Jakuten oder was der Kaminfeger auch war, eine meisterhaft gefälschte Hexenszene als einen echten Goya anzudrehen, das erste Mal, daß er so unvorsichtig war, von einem Wink getäuscht, den er zu Hause von einem Advokaturbüro Raphael, Raphael und Raphael in

Zürich, Minervastraße 33a erhalten hatte, einer ihrer Kunden sei am Bilde interessiert. Die Lektion war verheerend. Der Kaminfeger wußte nicht nur über den Reichsgrafen, sondern über ganz Liechtenstein Bescheid, derart, daß der Reichsgraf jeden Augenblick erwartete, die Polizei marschiere herein. Darauf wurden die vier Millionen, die er an der Gulbenkian-Stiftung gewonnen hatte, und der gefälschte Goya Eigentum des Kaminfegers. In Kloten nahm der Reichsgraf, krebsrot vor Wut, ein Taxi und fuhr in die Minervastraße. 33a war eine alte tannenumstellte, baufällige Villa, die den Anschein machte, jeden Augenblick in sich zusammenzufallen. Das Monokel des Reichsgrafen blitzte gefährlich. Ein rothaariger Jüngling öffnete. Der Reichsgraf sah sich unvermutet in einem halb aus den Fugen geratenen getäfelten Zimmer drei Rechtsanwälten gegenüber, jeder zeusköpfig, nur durch die Haarfarbe zu unterscheiden, rot, grau, schlohweiß, die sich als Raphael, Raphael und Raphael vorstellten. Der jüngste lispelte, der mittlere war heiser, und der älteste fingerte an seinem Hörapparat herum, der unaufhörlich pfiff. Der Reichsgraf setzte sich. Der Lispelnde eröffnete die Sitzung. Er dankte dem Reichsgrafen. Sein dem Gewährsmann ihres Kunden in New York übergebener Goya habe sich als echt herausgestellt und sei soeben bei Christie's für zwölf Millionen Dollar versteigert worden. Dann meinte der zweite mit krächzender Stimme, von Kücksen sei durch diese Meisterfälschung ordentliches Mitglied des ersten – ehem – Syndikats der Vereinigten Staaten geworden, dessen Befehlen, übermittelt von Raphael, Raphael und Raphael, er, der Reichsgraf, keine Widerstände entgegenzusetzen habe. Darauf flüsterte der älteste, kaum verständlich, weil sein Gebiß ihm Mühe bereitete, von Kücksen könne jetzt gehen.

Das Advokaturbüro Raphael, Raphael und Raphael blieb auch sonst nicht untätig. Es zog andere Rechtsanwälte ins Vertrauen, diese Nationalräte, diese Ständeräte, die vertraulichen Gespräche verzweigten sich, ein Bundesrat wurde angefragt, von dort sickerte der Wunsch in die Verwaltung. Waren Raphael, Raphael und Raphael sich noch einigermaßen über den Großen Alten im klaren, so überlieferten sie von diesem den Rechtsanwälten, mit denen sie sich in Verbindung setzten, ein von allen kriminellen Schatten zwar nicht ganz befreites, doch gemildertes Bild, das, wie es weiter empfohlen wurde, sich aufhellte, bis es sich derart verklärte und ins Humanitäre verschob, daß es sich eigentlich um kein Bild mehr handelte, sondern um eine äußerst blasse Idee von einer losen Vereinigung wohltätiger Multimillionäre, die eine amerikanische Parallelgesellschaft zur Moralischen Aufrüstung in Caux gegründet hatten, die Boston Society for Morality. Nach dieser gleichsam homöopathischen Vorbereitung wurde ein Ehrenkomitee gebildet, mit einem Altbundesrat als Präsidenten, mit Nationalräten, Ständeräten, Bankiers, Persönlichkeiten der Gesellschaft und einem Theologieprofessor, die keine Ahnung hatten, wozu sie gebraucht wurden. Die Boston Society for Morality war so nebelhaft wie die meisten Vereinigungen für gute Zwecke. Die Herren standen in der Gründungsversammlung ratlos herum, bevor sie zur Gründung der europäischen Sektion der Society schritten, ahnungslos, daß es eine amerikanische Sektion gar nicht gab. Dann unterschrieb der Altbundesrat die Gründungsurkunde, worin er als Präsident des Vorstands bezeichnet wurde, und betonte bei seiner Tischrede, die Hauptsache sei die Gründung der Society for Morality auch auf europäischem Boden, der Zweck, weshalb sie gegründet worden sei, werde sich finden.

Moses Melker hatte seine Begegnung mit dem Großen Alten längst vergessen, wenn er auch das dumpfe Gefühl nie loswurde, sich an etwas ungemein Wichtiges nicht mehr erinnern zu können.

Die Hoffnung, eine Erholungsstätte für Millionäre zu errichten, hatte er aufgegeben. Wenn die Erde bebte, die Ströme über die Ufer traten, Lawinen niederdonnerten, Berghänge rutschten, Vulkane auseinanderbrachen, wurden die Menschen von einer Hilfswut und Wohltätigkeitsorgie erfaßt. Es wurde gesammelt und gespendet, der Rundfunk kurbelte an, verkündete wie Siegesmeldungen eine Million, zwei Millionen, zweieinhalb, drei Millionen, Belegschaften und Schulklassen steuerten bei, Sänger spendeten ihre Abendgagen, Schriftsteller lasen, Maler malten, Komponisten verfertigten Trauerkantaten, die Welt schmolz vor Mitleid, geriet aber ein Millionär in Not, verfuhr der Große Alte (mit Bart) bitter mit dem Reichen. Doch der Große Alte (ohne Bart) ließ sich nicht täuschen. Moses Melker bemitleidete sich selber. Auch er hatte es schwer, auch er war Millionär. Dank seiner drei Frauen, wovon die dritte, die noch lebende, ihn am meisten tyrannisierte, wobei sich Moses Melker dagegen gesträubt hätte, dieses Tätigkeitswort in bezug auf seine Ehe angewendet zu wissen. Er ging in ihr auf. Aus Liebe, wie er sich einbildete, aus Furcht in Wirklichkeit. Weil Cäcilie Melker-Räuchlin alles von ihm wußte. Auch die Sache mit Lisi Blatter, der Serviertochter im ›Bären‹, eine Woche nach seinem Kurhausaufenthalt. An einem

Samstag abend. Moses Melker mußte von Sinnen gewesen sein. Die Bretter über dem Abgrund hatten nachgegeben, und wiederum hatte es mächtig geplanscht. Wer vergewaltigt schon eine Kellnerin und schmeißt die Leiche in die Grien, in einen Forellenbach, der sich an Grienwil und Matten vorbei in die Emme schlängelt. Er hatte nur einen Abendspaziergang machen wollen. Es war auch gar keine Vergewaltigung. Lisi konnte nicht genug haben. Aber dann hatte sie gesagt, kein Wunder, daß er nicht genug haben könne, bei seiner Alten. Da sei er eben ausgehungert. Darauf hatte er sie angefallen und erwürgt. Daß er sie noch in den Bach schmiß, war sinnlos. »Du wirst mich nie kriegen«, hatte sie Egglers Knecht Sämu auf der Brücke ins Gesicht gelacht und Moses Melker die Grien hinauf unter die Weiden gezerrt. Er schaute lange auf die Leiche in der Grien. Die Glocken von Grienwil begannen zu läuten, dann die von Matten, die von Bubendorf etwas später. Bubendorf kam immer später. Darauf waren auch die Glocken von Niederalmen zu hören. Es war wie bei einer Beerdigung. Tränen liefen über Moses Melkers Backen. Die Grien floß träge dahin. Sie war nicht tief. Lisi lag in einer Mulde. Manchmal kam eine Forelle, manchmal bewegte sich die Leiche. Die Glocken von Grienwil hörten auf zu läuten, dann die andern. Nur die von

Niederalmen waren noch zu hören. Die hatten dort einen ökumenischen Gottesdienst. Als er zur Brücke zurückkehrte, war Sämu immer noch dort. Moses Melker blieb neben ihm stehen. Beide schauten in den Bach. Die Sonne war hinter dem Hubel schon untergegangen. Lisis Leiche kam die Grien hinuntergetrieben. Sämu sagte Gottverdekkel. Jetzt waren auch die Glocken von Niederalmen nicht mehr zu hören. Der ökumenische Gottesdienst hatte begonnen. Auf Moses Melker lastete der Reichtum. Er hatte Emilie Lauber, Ottilie Räuchlin und Cäcilie Räuchlin geheiratet und nicht ein sinnliches Donnersweib wie Lisi Blatter, deren Leiche friedlich mit weitgeöffneten Augen unter der Brücke verschwand, wieder zum Vorschein kam und weiterglitt, der Emme zu. Die Leiche hatte etwas Triumphierendes. Sämu sagte Himmelsterne noch einmal und watete der Leiche nach. Moses Melker dachte plötzlich an den alten Mann, den er im Kurhaus angesprochen hatte. Er ging in die Villa, zog sich aus und kroch zu Cäcilie ins Bett. Sie hatte dieses nur einmal verlassen, seit er von Ägypten zurückgekommen war. Zur Trauung. Im Brautkleid ihrer Schwester Ottilie. Dann legte sie sich wieder ins Bett, rauchte Zigarren, aß Pralinen und las. Von Kriminalromanen war sie zu Sciencefiction übergegangen. Sie war so unförmig geworden, daß er fast keinen Platz mehr im Ehebett hatte. Sie trug immer noch seidene Nachthemden. Moses Melker wußte, daß sie schon alles wußte. Er lag neben ihr und wartete auf die Polizei. Die Polizei kam nicht. Auch am nächsten Tag und am übernächsten nicht. Überhaupt nicht. Nach einer Woche gingen Cäcilie die Pralinen aus. Die Post hatte sie nicht rechtzeitig von Bern gebracht. Moses Melker mußte aus dem Bett und ins Dorf hinunter. Er kaufte in der Konfiserie Bigler zwei Kilo Pralinen und bemerkte, es sei still im Dorf. Gar nicht, Herr Missionar, sagte Frau Bigler und erzählte, Egglers Knecht sei vor einer Woche verhaftet worden. Sämu habe die Tat gestanden, Lisi Blatter habe zu ihm gesagt, er werde sie nie kriegen, und da habe er sie gekriegt und erwürgt und in die Grien geworfen. Darauf sei Sämu, als ihn der Dorfpolizist nach Bern ins Untersuchungsgefängnis habe bringen wollen, auf der Station unter die Bern–Luzern–Bahn gesprungen und sofort tot gewesen. Der Lappi von einem Dorfpolizist habe ihm keine Handschellen angelegt, weil Sämu so gutmütig gewesen sei und alles gestanden habe. Zum Glück, sonst läge der Lappi auch unter dem Zug. Melker kaufte noch einmal zwei Kilo Pralinen, ging dann in den ›Bären‹ und aß eine Bernerplatte. Er wußte nun, warum er reich geworden war. Nur die Gnade des Großen Alten (mit Bart) vermochte ihn zu retten. Sämus Geständnis war ein Zeichen. Er lebte in der Gnade, Sünde hin oder her, auch wenn es eine Todsünde war. Er aß die Bernerplatte auf. Dann kehrte Moses Melker in die Villa zurück und gab Cäcilie die vier Kilo Pralinen. Morgen kämen die Pralinen von Bern sicher. Sie nahm eine Praline, sagte, die von Bern seien besser, schlug eine neue Science-fiction auf, ›In der Zeitblase‹, und meinte, Melker hätte ihr ruhig die Pralinen vor seiner Bernerplatte bringen können.

Wanzenried war Schweizer Meister im Schwergewicht bei den Amateuren gewesen, doch erübrigt es sich, auf sein Schicksal mehr als nötig einzugehen. Schon sein erster Versuch, als Profi aufzutreten, endete mit einem K. O. in der ersten Runde, aus dem er erst nach einem Monat aus dem Koma erwachte. Möglich, daß dadurch seine Intelligenz eine Verminderung erlitt, aber gemessen an ihrem vorkomatösen Zustand, war das kaum feststellbar. Sein Versuch als Hinausschmeißer scheiterte am Gefühl, jene, die er hinausschmeißen sollte, könnten zurückschlagen, und so schmiß er sie nicht hinaus. Auch sein dritter Versuch, sich im Leben zu installieren, mißglückte. Zwar ging es ein Jahr anständig, aber dann wurden gleich drei seiner Nutten abgeworben. Innert zwei Wochen. Die Polizei war eklig, und niemand wollte mehr mit ihm arbeiten. Wanzenried versuchte es mit unauffälligerer Kriminalität, stellte eine Bande von Gelegenheitskriminellen zusammen, Profis konnte er sich nicht leisten. Doch deren Bankeinbrüche und Überfälle wurden ihm zugeschoben, es konnte ihm zwar nichts bewiesen werden, aber der Verdacht blieb, während die Gelegenheitskriminellen weniger verdienten, als sie von der Sozialfürsorge bekamen, sie wurden ehrlich. Die Polizei wurde ekliger. Zürich war nicht sein Pflaster. Konsterniert saß er den Rechtsanwälten Raphael, Raphael und Raphael gegenüber. Die drei sahen wie eineiige Drillinge aus. Etwa dreißig. Leicht verfettet, höhensonnenverbrannt, offene Kragen, goldene Kettchen um den Hals, aber die Beweise, die sie ihm vorlegten, daß er noch ungeklärte Bankeinbrüche und Überfälle begangen habe, waren nicht zu widerlegen, obgleich er sie nicht verübt hatte. Jemand hatte ihn hereingelegt. Es sei ihre Pflicht, ihn anzuzeigen, sagte der erste. Zwölf Jahre Zuchthaus, der zweite, es gebe einen Ausweg, der dritte. Einen soliden Beruf, präzisierte der erste. Nachtportier, der zweite. In einem Kurhaus, der dritte. Wanzenried nickte. Jeder der drei zündete sich eine lange, dicke Havanna an. Von jetzt an Maul halten, sagte der erste.

Zu jedermann, meinte der zweite und stieß einen Rauchkringel in die Luft. Sonst, ergänzte der dritte und blies sein Streichholz aus. Wanzenried nickte. Daß er sich vorher ins Tessin in eine Privatklinik begeben mußte, leuchtete ihm ein. Trotz des Komas. Seine Visage war der Polizei zu bekannt.

Moses Melker flog auf eine Einladung mit unleserlicher Unterschrift und beigefügtem Scheck einer New Yorker Privatbank mit der Swissair hinüber und hielt vor einer exquisiten Gesellschaft, die der Hauptsache nach aus Witwen bestand, einen Vortrag, eine Predigt besser, über die bittere Gnade der Reichen und das glückliche Elend der Armen. Der Erfolg war außerordentlich. Nach dem Vortrag gab man ihm zu Ehren ein opulentes Dinner, und er plauderte charmant mit den Witwen. Darauf flog er kreuz und quer über den Kontinent, landete bald in dieser Stadt, bald in jener, bald in diesem Nest, bald in jenem. Er wußte immer noch nicht, wer ihn eingeladen hatte. Das Flugzeug hatte keine Fenster. Ein Steward war nie zu sehen, aber ein Glas Champagner stand bereit, wenn Melker das Flugzeug betrat. Er trank es stehend aus, setzte sich, schnallte sich an und schlief ein. Er wachte auf, eine Ehrendame empfing ihn und geleitete ihn aus dem Flugzeug zum Vortrag, darauf ins Hotel und am nächsten Morgen zum Flugzeug. Er sah viele Ehrendamen. Er konnte sich nie erinnern, wie sie ausgesehen hatten. In einem Hotel in Santa Monica (wenn es Santa Monica war) zog er, müde vom Dinner, auf dem Bett sitzend die Schuhe aus. Als er aufblickte, saß ihm ein weißgekleideter Mann gegenüber, dessen pechschwarzes Haar im Gegensatz zu seinem uralten Gesicht stand; alles befand sich im Gegensatz zu diesem Gesicht, die jünglinghaften Hände, die Geschmeidigkeit seines schlanken Körpers – ihres schlanken Körpers, denn im Ledersofa saß eine Frau, wie Melker plötzlich erkannte. Auch war das Gesicht nicht uralt, sondern von einer alterslosen Schönheit: Es war die Ehrendame, von der er sich vor dem Hotel verabschiedet hatte, und alle Ehrendamen waren diese Ehrendame gewesen. Sie sei Uriel, sagte sie und gab Melker eine Taschenuhr. Von ihrem Kunden, fügte sie bei. Melker betrachtete die Uhr. Sie hatte einen Zeiger und einundsechzig Ziffern. Der Zeiger wies auf etwas über achtundfünfzig.

»Eine Uhr für dich, Moses«, sagte sie.

Melker wurde nachdenklich. »Ich bin etwas über achtundfünfzig«, sagte er.

»Siehst du«, lachte sie. »Deine Uhr.«

Moses Melker meinte, wenn er schon so eine merkwürdige Uhr bekomme, möchte er doch wissen, wer denn ihr Kunde sei, der ihm die Uhr schenke. Sie habe nur einen Kunden, antwortete sie, den Flugzeugbesitzer. Bald bestelle er bei ihr Uhren mit hundert Stunden, die Stunden zu hundert Minuten, die Minuten zu hundert Sekunden, dann wieder Uhren mit nur fünfzehn Stunden, wobei jede Stunde dreihundert Minuten und jede Minute fünfundvierzig Sekunden dauern müsse, aber auch die Sekunden seien nicht gleich, einige Sekunden seien 3¼ Sekunden, andere 7 Minuten lang, und einmal habe sie eine Uhr konstruiert, da habe ein Tag tausend Jahre gedauert, ob ihr Kunde überhaupt eine normale Uhr besitze, wisse sie nicht, aber das sei nebensächlich, Kunde sei Kunde, und es sei ihr einziger. Wieder war es Melker, als säße ein Mann vor ihm, mit jugendlichem Körper und einem uralten Gesicht, und als ihn die Ehrendame frühmorgens zum Flugzeug brachte, hatte er den Vorfall vergessen und auch die Uhr, die irgendwo in seinem Gepäck tickte. Nur kam ihm die Ehrendame irgendwie bekannt vor.

Bei Krähenbühl war alles schiefgelaufen. Schon das Grandhotel in Habkern ging pleite, aber das war nichts gegen die Katastrophe, die sich in der Karibik abspielte. Ein Landsmann, der da unten baute, hatte ihm das Hundertbungalowhotel auf einer der

Jungfern-Inseln aufgeschwatzt, man suchte einen Direktor, wobei er nie erfuhr, wer da einen Direktor suchte, es blieb ihm nichts anderes übrig, das ›Sancho Pansa‹ in Jamaika war auch pleite gegangen, ganz zu schweigen vom ›General Sutter‹ in San Francisco. So blieb er denn in der Karibik sitzen wie in einer Mausefalle. Die versprochenen Amerikaner blieben aus, wer wollte schon auf diese Insel, wo die Schwarzen immer aufsässiger wurden, seit der letzten Reisegruppe hatte sich niemand mehr gemeldet. Es war wahrscheinlich Pech gewesen, daß dem Bankdirektor aus Miami eine Kokosnuß auf den Kopf krachte, als er am Swimmingpool unter einer Kokospalme Siesta hielt, der Bursche, der auf die Palme geklettert war, hatte sie zwar mit einer Machete abgehauen, aber konnte unmöglich gezielt haben. Trotzdem erschien Krähenbühl in Miami bei der Beerdigung, aber die Witwe weigerte sich, in Gegenwart der wichtigsten Bankiers der Vereinigten Staaten sein Beileid entgegenzunehmen, und seitdem blieben die Bungalows leer, nur die großen Kröten blieben, die nachts um die niedrigen Lampen vor den Türen hockten, um jede Lampe etwa zehn, das Licht anbetend. Dann meldete sich aus Manhattan der Besitzer an. Doch stellte er Bedingungen. In einem Bungalow mußte ein Kamin eingebaut werden. Er kam nachts mit

Gefolge. Die Kerle, die er mitgebracht hatte, planschten im Swimmingpool, in den sie die Kröten warfen. Endlich wurde er vorgelassen. Am prasselnden Kamin saß, durch den Rauch, der den Bungalow erfüllte, kaum erkennbar, ein Mann, schräge Augen, starke Backenknochen, das Gesicht völlig verrußt, pechschwarze Haarsträhnen über der Glatze, in einem verrußten, wohl einst weißen Bademantel, auf dem seine Hände schwarze Abdrücke hinterlassen hatten. Krähenbühl bekam ein Papier zu lesen. Darin gestand der Bursche, der auf die Palme geklettert war, den Bankier im Auftrag Krähenbühls getötet zu haben. Dann wies der Verrußte auf einen Tisch neben dem rußbeschlagenen Fenster, auf dem sich kleine weiße Säcke häuften, auch sie rußbedeckt. Andere lagen am Boden herum. »Kokain«, sagte der Verrußte, »in deinem Bungalow gefunden.« Er sei unschuldig, sagte Krähenbühl. Das wisse er, sagte der andere, kaum mehr im Rauch zu erkennen, aber seine Unschuld sei nicht zu beweisen, der Bursche gestehe, was er wolle, und wenn er widerrufe, sei er um einen Kopf kürzer. Pech, Krähenbühl habe immer Pech. Ein Leben lang. Der Verrußte schwieg, und Krähenbühl wußte, daß er verloren war, und nahm den Vorschlag an.

Moses Melker flog Ende März mit der Swissair zurück. Mit einem viermotorigen Propellerflugzeug. Wieder in der ersten Klasse. Er hatte einen Fensterplatz, döste nach dem opulenten Abendessen vor sich hin, schaute aus dem Fenster. In der Ferne war Grönland zu sehen. Zwischen den Eisbergen wie ein Kinderspielzeug ein Schiff. Melker bemerkte plötzlich, daß neben ihm jemand im zurückgestellten Sessel mehr lag als saß, ein langer hagerer Mann in einem Anzug englischen Zuschnitts, vollkommen kahl, mit einer goldenen randlosen Halbbrille, der in ein Notizbuch von rechts nach links schrieb.

»Ihr Gesicht fällt mir auf«, sagte der Fremde. »Es ist wundervoll pervers. Ich bin fasziniert von Ihrem Gesicht. Sie müssen auf die Frauen kolossal erotisch wirken. Wollen wir unsere Gesichter tauschen? In meiner Klinik in der Strada della Collina in Ascona. Ich hab ein langweiliges Gesicht. Keine Frau gerät seinetwegen auf abwegige Gedanken wie bei dem Ihren, Herr Melker.«

»Sie kennen mich?« fragte Melker.

»Na ja«, antwortete der Fremde, »Sie haben eine erfolgreiche Vortragsreise hinter sich. Obgleich Ihr Englisch sehr altmodisch klingt. Wo haben Sie es denn eingetrichtert bekommen?«

Er könne Bunyans ›Pilgerreise‹ auswendig, erklärte Moses Melker stolz.

»Auswendig. Donnerwetter«, staunte der Fremde. »Bunyans ›Pilgerreise‹? Nun, ich würde Ihnen die Highsmith empfehlen. Ambler, Hammett. Oder schmökern Sie mal in den Sciencefictions Ihrer Cäcilie.«

Sie lese nur deutsch, sagte Melker, erstaunt, daß der Fremde den Vornamen seiner Frau kannte.

»Nun, wie wär's mit dem Tausch?« fragte der Fremde. Er biete für Melkers Gesicht hunderttausend. Die Operation koste nichts. Er mache sie selber, damit auch nichts verpfuscht werde. Gleichzeitig müsse er auch sich selber operieren. Sie säßen beide eng beieinander auf zwei Operationsstühlen. Er lasse sie so konstruieren, daß sie beide Kopf an Kopf seien, Wange an Wange. Er sei Zweihänder. Er könne sie beide gleichzeitig operieren. Wenn Melker wolle, brächten sie das Ganze auch in Zürich hinter sich. Im Universitätsspital. Damit die Studenten auch was lernten.

»Nein«, antwortete Moses Melker, »ich behalte mein Gesicht.«

»Es besteht Gefahr, daß Ihre sexuellen Instinkte wieder explodieren, Herr Melker«, sagte der Fremde. »Wie neulich bei der Lisi Blatter. So hieß sie doch, das Mädchen, dessen Leiche die Grien hinuntertrieb? Friedlich. Mit weitgeöffneten Augen.«

Melker sah zum Fenster hinaus.

»Ich bin Michael«, sagte der Fremde.

Es waren keine Eisberge mehr zu sehen, auch kein Schiff, auch Grönland nicht mehr. Nur Himmel. Der Sessel neben Melker war leer, und als er spät in der Nacht nach Grienwil zurückkehrte, sah er schon vom Dorf aus, daß im Schlafzimmer noch Licht war. Cäcilie Melker-Räuchlin lag in ihrem durchsichtigen Nachthemd im Ehebett, rauchte eine Zigarre, las einen Kriminalroman und aß Pralinen, ein Himalaya von Fett. »Komm, mein Schimpanse«, sagte sie, »schlüpf unter die Decke und bete zum Großen Alten, daß ich mich nicht auf dich wälze, dir zu den Herrlichkeiten seines Jenseits zu verhelfen.«

Der Altbundesrat hatte von einem Notar in der Kantonshauptstadt den Bescheid bekommen, daß die Swiss Society for Morality das Kurhaus zu günstigen Bedingungen habe kaufen können und für die Sommersaison vom 15. Mai bis 15. Oktober an Moses Melker und in der Wintersaison an den Reichsgrafen von Kücksen vermietet habe. Der Altbundesrat, dessen Kurzzeitgedächtnis arg lädiert war, hatte vergessen, daß er Präsident des Vorstands der Swiss Society for Morality war, ja er hatte auch keine Ahnung mehr, daß es die Society überhaupt gab, er hatte den Brief kopfschüttelnd gelesen, ihn weggelegt und vergessen. So hatte die Minervastraße 33 a Zeit, alles gründlich vorzubereiten. Krähenbühl wurde nach dem Kurhaus beordert, kopfschüttelnd durchwanderte er die Anlage. Dem Hauptgebäude gegenüber stand am Wald des Spitzen Bonders eine langgestreckte Dependance, die im Keller die Wäscherei und die Heizung, im Parterre die Praxis des Kurarztes und die Räume für Massage, Fango und Sauna und im ersten und zweiten Stock Zimmer für minderbemittelte Gäste enthielt. Die Dependance war mit dem Kurhaus unterirdisch verbunden. Vor diesem war ein Platz mit einem Musikpavillon, wo an den Sommernachmittagen die drei Tschechen gespielt hatten, die sich der Große Alte in der Halle angehört hatte. Krähenbühl richtete mit Hilfe zweier bierbäuchiger Subjekte, die aus dem Liechtensteinischen kamen, das Kurhaus ein, doch so, daß niemand vom Dorfe es bemerkte. Die Läden blieben geschlossen. Die Fauteuils, Sofas, Ohrensessel und Luxusbetten wurden durch den unterirdischen Gang auf dem Boden der Dependance verstaut. Eine Basler Agentur übernahm die Werbung. Auf Glanzpapier. Illustriert von Erni. ›Freude durch Armut‹. Anfang Mai wurde Moses Melker brieflich benachrichtigt, sein Wunsch nach einer Erholungsstätte für Millionäre sei von Anhängern seiner Theologie verwirklicht worden, am 15. Mai werde das Kurhaus eröffnet, seine Anwesenheit sei dringend nötig. Um das Organisatorische brauche er sich nicht zu kümmern, er solle sich ausschließlich auf seine seelsorgerische Aufgabe konzentrieren und alles weitere der Society überlassen. Hätte Moses Melker seine Begegnung in Santa Monica (wenn es Santa Monica war) mit Uriel und sein seltsames Gespräch mit Michael auf dem Rückflug von den Vereinigten Staaten nicht verdrängt, wäre er nachdenklich geworden, hätte er vielleicht gespürt, daß er sich in einem Netz verfing, welches nicht aus Bosheit gesponnen war, sondern weil es in der Natur des Großen Alten lag (wenn es der Große Alte war), ein solches Netz zu spinnen, er spann es einfach, so wie es in der Natur der Spinne liegt, ein Netz zu spinnen, ohne an eine bestimmte Fliege zu denken, sondern nur an Fliegen, und in Melkers Natur lag es hineinzugeraten, so wie Fliegen ins Netz geraten, ob aus Zufall oder aus Notwendigkeit war philosophische Ansichtssache, eine durch nichts zu beweisende Glaubensangelegenheit. Ins Kurhaus kam Moses Melker am 13. Mit Cäcilie. Sie hatte zu seiner Verwunderung, die eigentlich eine Bestürzung war, darauf bestanden mitzukommen. Als Problem stellte sich der Transport heraus. Aus

Pietät zu seiner ersten Frau Emilie Lauber hatte Melker ihren Rolls-Royce weiter verwendet. Er war nun ein Oldtimer. Er war ohne sich zu bücken zu betreten, eine kleine Treppe kam einem entgegen, öffnete man die hintere rechte Wagentüre. Die Tonnen von Pralinen, die Cäcilie Melker-Räuchlin in ihrem Leben gegessen hatte, machten es ihr schier unmöglich, in den Rolls-Royce zu steigen, doch sie quetschte sich hinein. August, der Sohn des Garagisten von Grienwil, fuhr die beiden, Melker vorne, weil er neben Cäcilie nicht mehr Platz fand. Um acht Uhr morgens verließen sie Grienwil, bis Meiringen ging es flott, dann machten die Pässe dem Rolls-Royce schwer zu schaffen. Um fünf nachmittags kamen sie todmüde an. Von der Dependance latschte ein Mann herüber. Er trug einen Overall. Ob jemand da sei, fragte Moses Melker. »Ich«, antwortete der Mann und betrachtete argwöhnisch den Rolls-Royce. Er sei Moses Melker, stellte sich Moses Melker vor und stieg aus dem Rolls-Royce. »Offenbar«, sagte der Mann. Ob sie angekommen seien, fragte Cäcilie. Ihre Stimme war schleppend. Cäcilie hatte mit Kirsch gefüllte Truffes gegessen. »Angekommen«, bestätigte Moses Melker. Portier und Gepäckträger würden zusammengetrommelt. Es gebe keinen Portier und keine Gepäckträger, sagte der Mann. »Wieso?«

fragte Moses Melker verwundert. Sie seien hier im ›Haus der Armut‹, erklärte der Mann. Das Kurhaus heiße jetzt so. Die Basler Werbeagentur habe es so getauft. Moses Melker reklamierte, übermorgen werde das Kurhaus – Das ›Haus der Armut‹, korrigierte ihn der Mann. Das ›Haus der Armut‹ eröffnet, fuhr Melker fort. Es hätten sich mehr Gäste angemeldet, als er habe hoffen dürfen. Personal sei nötig, viel Personal. Wer denn diesen Blödsinn angeordnet habe. Die Swiss Society for Morality, antwortete der Mann. Die Society habe sich hier nicht einzumischen, protestierte Melker. Sie habe hier zu befehlen, erklärte der Mann, bei der sei er angestellt und sei Melker angestellt. Was los sei, wann sie endlich in den Ostturm komme, reklamierte Cäcilie aus dem Innern des Rolls-Royce. Wo die Gepäckträger blieben. Der Ostturm dürfe weder vermietet noch betreten werden, sagte der Mann. Er könne ihr bloß den Westturm anbieten. Wer das angeordnet habe, fragte Cäcilie. Auch die Swiss Society for Morality, antwortete der Mann. Cäcilie befahl August, sie nach Grienwil zurückzufahren. Dieser gab Melkers Gepäck heraus, schloß den Kofferraum und fuhr davon. Jetzt müsse er eben ohne seine Frau auskommen, seufzte Moses Melker. »Nur Mut«, sagte der Mann. Wer er eigentlich sei, fragte Moses Melker. »Direktor Krähenbühl«, sagte der

Mann und trottete in die Dependance zurück. Melker mußte seinen Koffer selber ins Kurhaus schleppen. Der Lift war außer Betrieb. Der Koffer war schwer, er hatte auch sein Manuskript ›Preis der Gnade‹ mitgenommen, woran er weiterzuarbeiten gedachte. Endlich im obersten Stockwerk angekommen, hörte er aus dem Ostturm singen. Er schleppte seinen Koffer, von einem plötzlichen und unerklärlichen Trotz erfaßt, zum Ostturm hinauf und öffnete die Türe, trat ein. Hinter einem Tisch saßen drei Rabbiner. Alle drei trugen schwarze Hüte, Sonnenbrillen, schwarze kaftanartige Mäntel und sangen. Der mittlere hatte einen weißen, der rechts von ihm einen roten und der links einen schwarzen Bart. Alle drei Bärte wucherten wild. Hinter ihnen war ein Fenster. Moses Melker setzte sich auf seinen Koffer und hörte den singenden Rabbinern zu. Dann hörten sie auf zu singen. Der Rabbiner mit dem weiß-wilden Bart nahm seine Sonnenbrille ab, doch hielt er seine Augen geschlossen. Moses Melker, begann er, habe das Verbot mißachtet und ein Zimmer betreten, das nicht für ihn bestimmt sei. »Vergebung«, murmelte Melker. Das fehlende Personal habe ihn verwirrt. »Verwirrt?« wunderte sich der Rabbiner mit dem wild-roten Bart und nahm seine Sonnenbrille ab, ohne die Augen zu öffnen. Moses Melker wolle eine Andachts- und Troststätte für die Reichen führen und verlange Personal! Aber dazu brauche man eben Personal, erklärte Moses Melker, sie müßten das begreifen. Er sei immer noch fassungslos. Auch das Führen einer Andachtsstätte sei eine Organisationsfrage. »Du Kleingläubiger«, begann nun der wild-schwarzbärtige dritte, legte seine Sonnenbrille ab und hatte überhaupt keine Augen, nur leere Höhlen. Im ›Haus der Armut‹ würden die Reichen das Personal sein. Moses Melker erhob sich. Entsetzt über seinen Unglauben rannte er mit seinem Koffer, trotz dessen Schwere, zum Westturm.

Die Gäste kamen zur Hauptsache aus den Vereinigten Staaten. Vor allem Witwen, angeführt von der Witwe eines Präsidenten. Aber auch Europa war vertreten: Nicht nur durch Witwen, ebenso durch Großindustrielle, Privatbankiers, Generaldirektoren, Investoren und Spekulanten, Immobilienmagnaten und Börsenhengste usw. Nach ihrer Ankunft standen sie verdutzt bei mittelmäßigem Wetter neben ihren Koffern auf dem Platz vor dem Kurhaus und dichtgedrängt im Musikpavillon, so viele waren gekommen, eine milliardenschwere Pilgerschar, süchtig nach einem neuen Abenteuer, während die Fahrer, die sie in Taxis und Luxuslimousinen hergebracht hatten, in langen Kolonnen talaufwärts heimfuhren. Alle waren beunruhigt, weil kein Personal sich zeigte. Endlich erschien Moses Melker im Hauptportal. Alles verstummte. Moses Melker war ein Redner, dem man glaubte, daß er glaubte, was er sagte. Er ging vom Worte Jesu aus, überliefert von den drei synoptischen Evangelien, es sei leichter, daß ein Kamel durch ein Nadelöhr gehe, als daß ein Reicher ins Reich Gottes komme, und von der Antwort Christi auf die entsetzte Frage der Jünger, wer denn selig werden könne, lautend, bei den Menschen sei's unmöglich, aber bei Gott seien alle Dinge möglich. Selig seien, fuhr Melker fort, die da arm am Geiste seien, denn das Himmelreich sei ihr. Arm an wessen Geist? Am Geist des Großen Alten im Himmel (womit Melker den Gott mit Bart meinte)? Dann wären sie nicht selig, sondern unselig. Nein, selig seien, die da arm am Geiste des Menschen seien, die Armen, denn der Geist des Menschen sei das Geld, pecunia auf lateinisch, stammend von pecus, Vieh. Geld sei viehisch. Aus dem Tauschhandel Vieh gegen Vieh, Kamel gegen Kamel, sei Vieh gegen Geld, Kamel gegen Geld, Wert gegen Wert geworden. Mit dem Geld werte der Mensch. Darum fuße alles, was der Mensch tue, auf Geld, seine Kultur und seine Zivilisation, und darum sei alles, was der Mensch mit und durch Geld tue und bewirke, das Gute und das Schlechte, der gewaltige Kreislauf der Geschäfte mit dem Brot für Brüder und mit der Not für Brüder, mit dem, was uns kleide, und mit dem, was uns entkleide, mit Lebens- und Unlebenswertem, mit Bleibendem und Vergänglichem, mit Notwendigem und Überflüssigem, mit Kunst und Kitsch, mit Kinematographie und Pornographie, mit uneigennütziger Liebe und käuflicher Liebe, eitel. Des Menschen und nicht des Großen Alten Werk. Wenn aber der Arme, der nichts besitze, das Himmelreich besitze, besitze der, der besitze, das Himmelreich nicht, er sei durch seinen Besitz mühselig statt selig, beladen mit seinem Besitz, denn jeder Besitz laste, ob er nun im Kapital oder in der Kultur bestehe. Darum sei denn auch der reiche Jüngling betrübt von Jesus gegangen, denn er habe viele Güter gehabt. Betrübt! Wie gern wäre er arm geworden, wie gern hätte er alles verkauft und den Armen gegeben, wie es Jesus von ihm verlangt habe, aber was hätte er erreicht? Den Armen wäre der Reichtum sinnlos zerronnen, und sie wären wieder arm geworden. Wem das Himmelreich gehöre, den überlasse der Große Alte nicht der Hölle. Aber der reiche Jüngling? Gewiß, er wäre arm, bankrott, zahlungsunfähig, ruiniert, pleite, hopsgegangen. Aber nicht kopfüber ins Himmelreich: Sein Ruin wäre nicht im Geiste des Großen Alten im Himmel geschehen, sondern im Geiste des Jünglings, im Geiste des Menschen. Mit Absicht. Um zu überlisten, was ihm bestimmt gewesen sei: reich zu sein. Jesus habe ihn versucht, denn auch Jesus versuche, der in Lumpen hienieden wandelte, nicht nur der Teufel, und deshalb bete die Christenheit: Führe uns nicht in Versuchung! Der reiche Jüngling habe der Versuchung widerstanden, arm zu werden, auszusteigen, wie Jesus in Lumpen zu wandeln, Clochard zu werden, und so sei denn der Reichtum das Kreuz der Christen und Betrübnis ihr Teil, Fröhlichkeit sei nur den Armen und Habenichtsen beschieden, seufze, Christenheit, seufze. Moses Melker hielt inne. Fiel auf die Knie. Es war still auf dem Platz. Vom Dorfe bellte ein Hund herüber. Dann wieder Stille. Moses Melker starrte auf die Menge, auf die Kaufhausbesitzer, auf die Medienbesitzer, auf die Fabrikbesitzer, auf die Bankenbesitzer, auf die Immobilienbesitzer, auf die Hotelkettenbesitzer, auf alle Besitzer, die vor ihm versammelt waren, die er anstarrte und die ihn anstarrten.

»Kommet her zu mir alle, die ihr mühselig und beladen seid, ich will euch erquicken«, flüsterte er, und alle hörten sein Flüstern. Bei den Menschen sei's unmöglich, aber beim Großen Alten seien alle

Dinge möglich. Doch der Gott Mammon glotze ihm entgegen, nicht der Große Alte, schrie er auf, schnellte hoch, stand da, wurde mächtig. Woher auch ihr Reichtum stamme, der ihn umfange, umtürme und erdrücke, sprach er, redete er, predigte er, eisig und mit fürchterlichen Pausen, dieser Strom, der ihn überrolle und überflute, Gold, Währungen, Schwarzgelder, Aktienpakete, Obligationen, Anleihen, Nummernkonten, Schuldscheine, aus welchen reinen oder dunklen Quellen auch, aus welchen unblutigen oder blutigen Geschäften, aus welchen tugend- oder lasterhaften Schößen, aus welchen legitimen oder illegitimen Schweifen, woher auch immer er fließe, sprudle und schieße, er sei gewogen und zu leicht befunden, Abfall, Kehricht, Klärschlamm in den Augen des Großen Alten. Doch sie, hierher zu ihm gespült von dieser Brühe, seien nicht verloren. Wenn auch schlechthin verworfen, seien sie schlechthin aufgenommen, durch die Gnade, denn sie sei das Unmögliche, das nur beim Großen Alten möglich sei, das ganz und gar Unverdiente, denn wäre die Gnade verdient, wäre sie nicht Gnade, sondern Lohn. Die Gnade sei das Nadelöhr, wohindurch nicht nur ein Kamel gehe, sondern alle gingen, die hier versammelt seien und unter dem Fluch des Reichtums stöhnten. Vor dem Großen Alten seien die Letzten die Ersten und die Armen reich, die Armen begnadet, die Reichen verflucht. Wer aber begnadet sei, benötige keine Gnade, weil die Gnade schon an ihm hafte, und so sei denn die Gnade ihnen, den Reichen, den Verfluchten, Satten vorbehalten, die Gnade, womit sie gekrönt würden als der allein gnadenbedürftige Abschaum der Menschheit.

»Willkommen im Hause der Armut!« schloß Moses Melker seine Ansprache.

Langsam begriffen sie, daß kein Personal da war, daß sie sich allein helfen mußten, daß sie in die Armut gestürzt waren. Sie zogen ein, verlegen zuerst, begannen einander zu helfen, trugen Koffer, verteilten die Zimmer, hielten Rat, dankbar, daß Moses Melker ihnen beistand, der ebenso hilflos war wie sie, organisierten sich unter der Leitung eines stinkreich gewordenen, leicht vertrottelten englischen Feldmarschalls. Der telefonierte mit dem Vorsteher des Eidgenössischen Militärdepartements, dieser mit einem Oberstdivisionär in der Kantonshauptstadt, und schon am andern Tag kamen zwei Lieferwagen mit dem Nötigen, dann täglich einer. Der gesundheitliche Aspekt wich dem seelsorgerischen. Der Arzt, der sommers das Kurhaus betreut hatte, wurde nicht mehr benötigt, das Wasser der Heilquelle als Tafelwasser benutzt: als Symbol der Armut, ein Mittelloser hatte Wasser zu trinken statt Wein. Ein wahrer Fimmel, arm zu leben, ergriff die Millionäre und Millionärswitwen, Generaldirektoren machten die Betten, Privatbankiers staubsaugerten, Großindustrielle deckten im Speisesaal die Tische, Spitzenmanager schälten Kartoffeln, Multimillionärswitwen kochten und übernahmen die Wäscherei, Ölscheiche und Tankermagnate mähten den Rasen, jäteten, stachen um, sägten, hämmerten, hobelten, strichen an und zahlten dafür immense Preise. Nicht problemlos, denn die Tätigkeiten, die sonst vom Dorf besorgt wurden, übten nun die Gäste aus, sie lächelten, lachten, trällerten, jubelten, johlten und quietschten dabei, es war ein Jammer, hatten doch das Kurhaus und das Dorf eine ökonomische Einheit gebildet. Moses Melkers Lehre, die er jeden Tag in einer Morgen- und Abendandacht verkündete, brachte nicht dem Dorf, sondern dem Kurhaus Glück. Dieses machte die Geschäfte, und das Dorf wurde arbeitslos. Der Drang nach Armut, verbunden mit einfacher Kost, ruinierte die Konfiserien, statt Brötchen und Leckereien war nur noch simples Brot zu backen. Die Tea-Rooms blieben leer. Der Taxibetrieb geriet ins Stocken, die Streifzüge der Gäste nach den berühmten Fremdenkurorten des Kantons unterblieben. Niemand kaufte noch die Bauernschränke, Kommoden, Tische und Stühle und die großen und kleinen Hirsche, wer arm leben will, verschwendet kein Geld. Das Dorf hatte jeden ökonomischen Sinn verloren. Am 15. Oktober schloß das Kurhaus. Die Gäste zogen getröstet nach Hause, nahmen die Last ihres Reichtums wieder auf sich, gestählt durch die Armut, die sie genossen hatten. Doch auch im Winter hatte das Dorf im Kurhaus nichts mehr zu suchen. War der Nachtwächter bisher einer vom Dorfe gewesen, hatten die Kinder in der Halle gespielt und waren durch die Korridore gerannt, und hatten sich bisweilen die Männer im Weinkeller umgesehen, nahm nun ein bulliger Kerl mit einem seltsam steifen Gesicht die Stelle des Nachtwächters ein, sprach Zürcherdeutsch und verjagte jeden, der in die Nähe kam, denn das Syndikat hatte das Kurhaus durch die Swiss Society for Morality nicht ohne Hintergedanken erstanden. Es waren immer Mitglieder aus dem Verkehr zu ziehen. Früher war das kein Problem gewesen, wen die Polizei zu intensiv gesucht hatte, war leicht zu beseitigen, wen findet man einzementiert im Hudson, im East River, im Michigan-See oder gar im Stillen Ozean wieder? Das Syndikat war gründlich, es duldete keine Stümperei, doch seine Methoden schreckten ab, erstklassige, sauber arbeitende Schwerverbrecher wurden Mangelware, mit Dilettanten zu arbeiten schadete dem Renommee und setzte den Umsatz herab, und so war denn das Kurhaus ein Fund. Das Syndikat wartete die Wintersaison ab. Das Kurhaus wurde geschlossen, und die vom FBI gesuchten Profis wurden dorthin abgeschoben, und die Spezialkiller und Starkidnapper in den Zimmern und Appartements untergebracht, wo sommers die Reichen gebetet hatten. Nach dem Übermut beglückender Armut lastete lähmende Trübsal, obgleich die alte Bequemlichkeit und der Luxus wiederhergestellt worden waren. Das Syndikat wußte, was es den Seinen schuldete, aber hatte nicht mit von Kücksen gerechnet. Dieser war zwar im Bilde, aber, umgeben von Kunstschätzen und Literaten, die er aus dem Sankt-Gallischen, ja aus Zürich, an seinen stets reich gedeckten Tisch am Fuß der Drei-Schwestern lockte, versorgte er das Kurhaus mit Kunstbüchern und Klassikerausgaben. Hilflos blätterten die Mafiosi, die noch Italienisch konnten, in der ›Göttlichen Komödie‹, im ›Rasenden Roland‹ oder in den ›Verlobten‹. Irische Gangster drückten ihre Zigarren auf ›Finnegans Wake‹ aus, Ganoven von der Westküste versuchten im Shakespeare und im ›Verlorenen Paradies‹ zu buchstabieren. So saßen sich denn die Schwerverbrecher in den Lehnstühlen finster gegenüber und bombardierten sich mit den Folianten. Jeder Ausgang war ihnen untersagt, niemand durfte sie sehen, das Kurhaus war offiziell geschlossen. Die Langeweile setzte den schweren Jungs zu. Fernsehen war im Durcheinandertal noch nicht möglich; nur das Heulen der Winterstürme, der bald einsetzende Schneefall, die Stille der folgenden Nächte, drauf wieder Schneefall, drauf wieder Totenstille. Man spielte bei verhängten Fenstern Karten, trank, rauchte und saß brütend und finster die Zeit ab. Sommers zogen die Reichen wieder ein, die noch Reicheren diesmal, und als es wieder Winter wurde, mutete das Syndikat den Aufenthalt im Kurhaus zwei hochkarätigen Spezialisten zu, durch welche die Katastrophe unumgänglich wurde. In ihrem Fach hochkünstlerische Naturen werden von der Langeweile besonders korrumpiert. Ihr fiel Elsi zum Opfer, die fünfzehnjährige Tochter des Gemeindepräsidenten, die an einem schneelosen kalten Novembermorgen mit einer roten Mütze und in einem roten Pullover und Bluejeans auf dem vom Hund gezogenen Milchwagen stehend, vor dem Lieferanteneingang erschien.

Marihuana-Joe und Big-Jimmy waren die zwei berühmtesten Killer des nordamerikanischen Kontinents. Beide groß und hager, war der eine der berühmtere, der andere der berüchtigtere, der eine ein Moralist, der andere ein Ästhet. Marihuana-Joe verdankte seinen Namen dem Umstand, daß er jedem seiner Opfer einen Joint zwischen die entseelten Lippen steckte, nicht weil er Marihuana rauchte, sondern weil er andeuten wollte, der Tote sei ein schlechter Mensch gewesen. Er heftete seinen Opfern auch Zettel an die Brust, worauf zu lesen war, warum er sie umgebracht hatte, doch nannte er nie den wirklichen Grund, den nur das Syndikat wußte, er schrieb den hin, der für seinen Ruf genügte, jemand ins Fadenkreuz seines Zielfernrohrs zu nehmen: Ehebrecher, unehrerbietig seiner Mutter gegenüber, Atheist, Geizhals, Päderast, Kommunist usw., weshalb das Time Magazine schrieb, als es Marihuana-Joe zum Mann des Jahres erklärte, eigentlich könnte dieser mit seinen moralischen Grundsätzen die gesamte Bevölkerung der Vereinigten Staaten abknallen. Rätselhaft blieb, warum ihn die Polizei nicht zu fassen vermochte. Er ging nach der Tat leichtsinnig, wenn auch scharfsinnig vor. Er schreckte vor nichts zurück, um an seinen Opfern sein Kennzeichen anzubringen, sei es, daß er zu der Leiche ins Trauerhaus schlich oder sich in die Gerichtsmedizin einschmuggelte oder wohin auch immer. Keine seiner Leichen war nachträglich vor ihm sicher. Selbst als die Polizei Pepe Runzel ausbuddelte, weil seine Witwe behauptete, er habe nicht Selbstmord begangen, und den Sarg öffnete, fand sie zwischen Pepes Zähnen den Joint und auf der Brust einen Zettel: Bordellbesitzer. Im Gegensatz zu Marihuana-Joe war Big-Jimmy nicht populär, ja die Polizei bezweifelte geraume Zeit, daß es so einen wie ihn überhaupt gab, sie war der Meinung, es müsse sich um mehrere handeln. Ihm waren die Opfer gleichgültig, ihn interessierte die Kompliziertheit der Aufgabe. Seine Opfer wurden in verschlossenen WCs gefunden, in von der Polizei bewachten Krankenzimmern, scheinbar schlafend in der ersten Klasse von Flugzeugen oder in ihren Sesseln zusammengesunken im Senat oder im Repräsentantenhaus. Hatte er eine Aufgabe gelöst, verkroch er sich in einem Puff, wo er oft wochenlang blieb und wohl auch hin und wieder eine Bemerkung fallenließ oder im Schlaf schwatzte, so daß sich bei der Polizei allmählich die Überzeugung durchsetzte, Big-Jimmy gebe es wirklich, worauf das Syndikat, das wußte, was die Polizei vermutete, es vorzog, ihn mit Marihuana-Joe einen Winter über im Kurhaus verschwinden zu lassen. Dem Moralisten fiel es leicht, dem Ästheten schwer, Marihuana-Joe suchte sittliche Sammlung, Big-Jimmy sinnliche Entspannung, der eine suchte zu meditieren, der andere Weiber, Marihuana-Joe verschwand bisweilen in der Nacht, ohne daß es jemand bemerkte, saß im Gebälk der verfallenen Kirche oder in einem Zimmer des leeren Pfarrhauses. Big-Jimmy lauerte dem Mädchen auf, das zweimal in der Woche die Milch brachte, kurze, braune, burschikose Haare, blauäugig, unbefangen und frisch, ahnungslos, daß durch die Ritzen der geschlossenen Fensterläden Schwerverbrecher nach ihm spähten, geil, zu einem unnatürlichen Zölibat verdonnert.

So war es nicht zu vermeiden. Big-Jimmy wollte den andern nur zuvorkommen, und Marihuana-Joe versuchte Big-Jimmy bloß daran zu hindern, hatte er doch, wenn alles vom Mädchen schwatzte, gedroht, er breche jedem das Genick, der es zu belästigen wage. Aber beide hatten nicht mit dem Hund gerechnet. Dieser riß, im Bestreben Elsi zu verteidigen, Wagen und Kessel um und verbiß sich in den Hintern Marihuana-Joes, der das Mädchen retten wollte, während Big-Jimmy sich mit dem Mädchen in der Milchlache wälzte und im Wald über dem Kurhaus jemand betrunken mit lauter Stimme rezitierte: »Ihr holden Schwäne, und trunken von Küssen tunkt ihr das Haupt ins heilignüchterne Wasser.« Das Geschrei und Gestöhn war gewaltig, wobei nicht auszumachen war, wer am meisten schrie und stöhnte, Marihuana-Joe, Big-Jimmy oder das Mädchen. Endlich verschwand Big-Jimmy im Kurhaus, und das Mädchen flüchtete gegen die Schlucht hinunter. Der Hund ließ nicht los, er hatte sich derart in den Hintern Marihuana-Joes gewühlt, daß auch der Nachtwächter Wanzenried machtlos blieb. Erst Red-Flowers befreite Marihuana-Joe vom wütenden Tier, indem er seine Magnum von Smith & Wesson abfeuerte, wenn auch ohne den Hund zu treffen: Der Hund schnappte sich die Smith & Wesson und raste mit dem umgestürzten Wagen die Schlucht hinunter.

Wanzenried rief an. Der Reichsgraf überlegte. Zu seinen Geschäften war eine neue Variante gekommen. Seit er Mitglied des Syndikats geworden war, verkaufte er neben gefälschten Bildern, von denen er durchblicken ließ, sie seien vielleicht echt, auch echte Bilder, von denen er behauptete, sie seien gefälscht, und die er nur an Kunden verkaufte, die sich beim Syndikat erkundigt hatten und wußten, daß die Bilder echt, aber gestohlen waren, oft aus den Villen jener, die sich in der Sommersaison von der Betrübnis des Reichtums durch die Heiterkeit der Armut trösten ließen. Von Kücksen überlegte, ob er die Minervastraße informieren sollte, beschloß aber, selber zu handeln. Gegen Mittag hielten ein Aston Martin und zwei Cadillacs vor dem Kurhaus. Aus dem Aston Martin stieg von Kücksen, aus den Cadillacs seine Adoptivsöhne. Es war das erste Mal, daß der Reichsgraf das Kurhaus betrat, strohblond mit blitzendem Monokel, weiße Handschuhe, mit einer Dobermann-Hündin an der Leine. Wanzenried führte ihn in die Halle.

»Eigentlich hätte ich Zürich anrufen sollen«, sagte Wanzenried.

»Hätte?« fragte der Reichsgraf.

»Ein Befehl«, gab Wanzenried zu.

»Warum nicht befolgt?« wollte der Reichsgraf wissen.

Wanzenried brummte, Liechtenstein sei näher, da habe er gedacht –

»Ein Esel denkt nicht, er gehorcht«, sagte der Reichsgraf und hatte das Gefühl, der Nachtwächter lüge.

Auf einem Sofa lag Marihuana-Joe stöhnend auf dem Bauch.

»Wo sind die andern?« fragte von Kücksen, und als Wanzenried nicht antwortete, befahl von Kücksen mit lauter, herrischer Stimme:

»Hervorkommen!«

Die Halle füllte sich langsam, finstere, verschlossene Gesichter, einige der Gangster mit Maschinenpistolen. Irgend etwas stimmte nicht. Daß das Kurhaus wintersüber als Versteck diente, war ein genialer Einfall, vielleicht des Kaminfegers im Penthouse über dem Hudson, vielleicht von Raphael, Raphael und Raphael, aber mit einem Zwischenfall, wie ihn Wanzenried gemeldet hatte, war zu rechnen gewesen. Die Langeweile mußte als Störfaktor einkalkuliert worden sein. Vielleicht wollten der Kaminfeger in New York oder die Minervastraße damit die Bande auffliegen lassen. Aber vielleicht hatte man nicht mit der Langeweile gerechnet, vielleicht war er, von Kücksen, am Zwischenfall schuld, er mit seinen Klassikern, mein Gott, wenn er diese Visagen sah, die mußten sich doch langweilen. Vielleicht hätte er Raphael, Raphael und Raphael doch benachrichtigen sollen, aber vielleicht wollten die gerade, daß er eigenmächtig vorging, vielleicht wollte das Anwaltsbüro in der Minervastraße 33a, daß er die Polizei... Dann hing er, der Reichsgraf, als Mieter eines leeren Kurhauses. Er mußte den Hals aus der Schlinge ziehen. New York war ihm eine Lehre gewesen. Ein zweites Mal sollte ihn das Syndikat nicht ruinieren. Marihuana-Joe stöhnte. Der Reichsgraf trat zu ihm. Der Mann war schwer verwundet. Es mußte sich um einen Mordshund gehandelt haben.

Er fragte, was er tun könne, das Kantonsspital komme wohl nicht in Frage.

»Um Gottes willen«, ächzte Marihuana-Joe und nannte eine Privatklinik in Ascona. In der Strada della Collina.

Aber der Mordshund hatte nun einmal gebissen, und das Mädchen war vergewaltigt worden. Ein Wunder, daß die Polizei noch nicht da war. Es gab nur einen Ausweg. Er hatte seinen Dobermann zu seinem persönlichen Schutz mitgenommen, nun konnte er ihm aus der peinlichen Lage helfen, in die ihn das Syndikat gebracht hatte. Der Reichsgraf zündete sich eine Zigarette an, sah sich um, fragte: »Wer?«

Schweigen.

Der Reichsgraf fixierte Wanzenried, befahl: »Umdrehen!«

Wanzenried drehte sich um.

Der Reichsgraf befahl: »Hose runter!«

Wanzenried ließ die Hose runter.

Der Reichsgraf befahl: »Bücken!«

Wanzenried bückte sich. Wanzenried ging ein Licht auf. Er ahnte, daß er bald zum zweiten Mal operiert würde, nur nicht dort, wo er schon operiert worden war. Er ahnte richtig. Der Dobermann biß zu. Der Reichsgraf ging zum Telefon, rief den Polizeiposten an, der Hund des Gemeindepräsidenten habe den Nachtwächter gebissen. Der Mann sei arg verstümmelt. Der Polizist wußte von nichts, was von Kücksen verwunderte, es war vielleicht unnötig gewesen, Berta, wie der Dobermann hieß, zubeißen zu lassen. Er empfahl den Herrschaften, wie er sich ausdrückte, sich im Keller einzuschließen, bestieg mit dem Dobermann den Aston Martin und kehrte nach Liechtenstein zurück. Oskar fuhr Wanzenried ins Kantonsspital und Edgar, totenbleich, Marihuana-Joe mit dem zweiten Cadillac nach Ascona. Die Herrschaften gehorchten.

Unterdessen war das Mädchen längst zu Hause angelangt. In der Scheune hatte der Gemeindepräsident Pretánder Holz gespalten. Er war ein dumpfer, muffiger, aber hartnäckiger Mensch, mit einem riesigen blonden Schnauz im kugelrunden Gesicht, mit stacheligen Kopfhaaren wie ein Stoppelfeld. Er wäre eigentlich ein fröhlicher Mensch gewesen, wenn er einen Sohn gehabt hätte. Aber er hatte keinen Sohn, und seine Frau war gestorben, und weil er nur Elsi hatte, war er dumpf und muffig gegen Elsi, weil sie ein Mädchen war, so daß er nach dem Hund gefragt hatte, nach Mani, ohne sich besonders um Elsis Ausrede zu kümmern, sie wisse nicht, wo der sei. Er hatte gedacht, der Hund würde schon kommen, und als dieser mit dem ihm nachscheppernden umgestürzten Wagen, die Smith & Wesson in der Schnauze, angerannt gekommen war, hatte er nur gemeint, Gott sei Dank, Mani sei nichts passiert, offenbar habe er einen Wilderer aufgespürt, ein guter Hund, ein guter Hund, und hatte nicht einmal bemerkt, daß Mani ohne Kessel heimgekommen war.

Gegen zwei Uhr nachmittags fuhr der Polizist Lustenwyler mit seinem Jeep ins Dorf. Er war nur auf Vermittlung seines Vaters, des Regierungsrats Lustenwyler, Polizist geworden, er war 15 cm zu klein. Aber er hatte sein Leben lang nichts anderes getan als gefressen und den Wunsch geäußert, Polizist oder Bahnwärter zu werden, um weiter nichts tun zu müssen, als zu fressen, aber da die Bahn strikte ablehnte, blieb nur die Polizei übrig, und so wurde er schließlich in die Polizeistation im Durcheinandertal abgeschoben, die sich zwölf Kilometer vom Dorf entfernt befand. Lustenwyler hielt den Jeep vor dem Hause des Gemeindepräsidenten an, stieg aber nicht aus, hupte. Manis riesiger Kopf wurde in der Hundehütte sichtbar, verschwand wieder. Die Haustür öffnete sich, der Gemeindepräsident kam heraus.

»Sälü«, grüßte der Polizist.

»Was ist?« fragte der Gemeindepräsident. Wieder war Manis riesiger Kopf sichtbar.

»Nichts«, sagte der Polizist.

»Dann nichts«, meinte der Gemeindepräsident und ging wieder hinein. Aus der Hundehütte kam Mani, reckte sich, trottete zum Jeep. Lustenwyler hatte plötzlich Angst, blieb unbeweglich am Steuer. Der Hund schnupperte am Jeep, kehrte um und trottete in die Hundehütte. Lustenwyler hupte. Zweimal, dreimal. Der Gemeindepräsident kam wieder heraus.

»Was ist jetzt?« fragte er.

»Muß mit dir reden«, sagte der Polizist.

»Dann komm«, sagte der Gemeindepräsident und wollte wieder ins Haus.

»Kann nicht«, sagte der Polizist, »der Hund –«

»Was ist mit Mani?« fragte der Gemeindepräsident. Der Hund kam wieder aus der Hundehütte.

»Er beißt«, sagte Lustenwyler und beobachtete ängstlich den Hund, der näherkam.

»Unsinn«, sagte der Gemeindepräsident. Der Hund wedelte mit dem Schwanz, sprang plötzlich in den Jeep und leckte Lustenwyler das Gesicht ab.

»Mani, in die Hütte!« befahl der Gemeindepräsident ruhig.

Der Hund trottete in die Hundehütte.

»Siehst du«, sagte der Gemeindepräsident, »wie lieb er ist.«

Lustenwyler blieb bei seiner Behauptung: »Er hat den Nachtwächter vom Kurhaus gebissen.«

Elsi kam heraus. »Gar nicht wahr«, sagte sie, »gar nicht wahr, zwei haben mich überfallen, und einer hat mich – in der Milch – Lustenwyler sieht ja, wie ich aussehe, ganz verzaust und zerkratzt, nur mein Vater sieht nichts, und der Hund hat den andern gebissen.«

»Meitschi«, herrschte der Gemeindepräsident Elsi an, »was ist dort drüben losgewesen?«

»Der Kessel ist umgefallen«, sagte Elsi, »und dann bin ich eben mit dem einen in der Milch –«

Der Gemeindepräsident ging ins Haus und holte die Smith & Wesson. »Die hat Mani mitgebracht«, sagte er, und dann fuhr er Elsi an: »Halt's Maul, es ist ein Wilderer gewesen.«

»Ein Nachtwächter«, sagte Lustenwyler, »man hat mir vom Kurhaus telefoniert«, und fragte: »Was ist denn zum Teufel auch in der verschütteten Milch passiert? Die Polizei muß alles wissen.«

»Was eben in einer Milchpfütze passiert, das kann sich doch sogar die Polizei ausdenken«, antwortete Elsi.

Lustenwyler dachte nach. »Du meinst?« fragte er dann.

»Frag nicht so blöd«, antwortete Elsi.
»Zwei sind dabeigewesen?« fragte Lustenwyler.
»Zwei«, sagte Elsi und ging ins Haus.
»Zwei«, wiederholte der Polizist und schüttelte den Kopf.
»Elsi spinnt«, sagte der Gemeindepräsident.
»Kurios«, meinte Lustenwyler und fuhr mit dem Gemeindepräsidenten zum Kurhaus.

Das Hauptportal war geschlossen, auch der Lieferanteneingang, wo sie nur den leeren Milchkessel und Reste der Milchpfütze fanden. Sie riefen. Niemand kam. »Kurios«, sagte der Polizist wieder, worauf die beiden zum Polizeiposten fuhren. Lustenwylers Polizeistation hatte sich in den mehr als zwanzig Jahren seiner Polizeitätigkeit in eine Küche verwandelt, die Wände dicht mit Würsten und Schinken behängt, überall schmurzelte, kochte, grillte, dampfte etwas, war etwas eingelegt, lag Gehacktes herum, Zwiebeln, Knoblauch, Grünzeug, dazu offene Thon-, Sardinen- und Sardellenbüchsen, harte Eier, Salatköpfe, Polizeiberichte dazwischen, Verbrecherfotos, Handschellen, ein Revolver.

»Ich habe mir eine Fleischsuppe gemacht mit Sellerie, Zwiebeln, Lauch und Kabis«, sagte Lustenwyler und schöpfte sich aus einem dampfenden

Topf auf dem Herd einen Teller voll, brachte ihn zum Schreibtisch und begann zu essen. Dazwischen tippte er das Protokoll, holte einen zweiten Teller, dann einen dritten, nahm das Protokoll, las es, wischte Suppenreste vom Protokoll und sagte dem Gemeindepräsidenten, jetzt könne er seine Aussage unterschreiben. Dann schnitt er sich ein Stück Speck von der Wand, als, geschniegelt und parfümiert, Oskar von Kücksen das Polizeigebäude betrat.

»Der Hund muß abgetan werden«, verlangte er kategorisch.

»Wer sind Sie denn?« fragte Lustenwyler und kaute Speck.

»Der Vertreter des Kurhausmieters«, sagte Oskar.

»Des Selig-sind-die-Armen-Predigers?« fragte Lustenwyler und kaute.

»Der hat es für die Sommersaison gemietet«, antwortete Oskar. »Für die Wintersaison ist mein Vater, Reichsgraf von Kücksen, der Mieter.«

»Kurios«, meinte Lustenwyler und kaute. »Ein Liechtensteiner.«

»Der Hund muß abgetan werden«, verlangte Oskar von neuem.

»Mani ist unschuldig«, sagte Pretánder. »Ich bin der Gemeindepräsident. Der Hund gehört mir.«

»Der hat meinem Nachtwächter den Hintern zerfleischt«, sagte Oskar.

»Weil meine Elsi vergewaltigt worden ist«, entgegnete der Gemeindepräsident prompt. Es fuhr ihm heraus, ohne daß er eigentlich daran glaubte.

»Kurios«, meinte Lustenwyler zum dritten Mal.

»Der Hund ist mit einem Revolver heimgekommen«, sagte der Gemeindepräsident. »Mit einer Smith & Wesson.«

»Wem ein Hund den Hintern zerfleischt, zieht nicht einen Revolver und vergewaltigt eine Göre«, meinte Oskar, während Lustenwyler Butter auf eine Scheibe Brot strich und den Speck darauf legte. »Wenn das Mädchen behauptet«, fuhr Oskar fort, »der Hund habe in einen anderen Hintern gebissen als in jenen des Nachtwächters, so kann ich nur sagen, ein zweiter derart zugerichteter Hintern müßte dann zu finden sein, aber er ist nicht zu finden.«

»Wenn es ein Wilderer gewesen ist«, brauste der Gemeindepräsident auf, »ist der Arsch eben verschwunden, Mani ist unschuldig, etwas stimmt mit dem Kurhaus nicht, wenn dort nur der Nachtwächter wohnt, warum verbraucht der jede Woche zwei Kessel Milch, soviel kann doch ein Mensch allein nicht saufen.«

»Mit so einem Stürmi, wie Sie einer sind, diskutiere ich nicht weiter«, sagte Oskar. »Schwere Körperverletzung, wir werden Anzeige erstatten«, und ging hinaus, setzte sich in den Cadillac und fuhr zum Kurhaus zurück.

»Behauptest du immer noch, Elsi sei vergewaltigt worden?« fragte Lustenwyler kauend.

»Es geht mir nur um den Hund«, sagte der Gemeindepräsident, »der ist unschuldig.«

»Das kann der Hund nur sein, wenn Elsi vergewaltigt worden ist«, erklärte Lustenwyler. »Dann ist es Unzucht, und das muß ich anzeigen, irgendwo habe ich doch noch eine Büchse Bohnen.«

»Schön«, sagte der Gemeindepräsident, »zeig an.«

»Den Nachtwächter?« fragte Lustenwyler und suchte im Hintergrund in einem Stapel von Büchsen herum, von denen mehrere auf den Boden rollten.

»Nicht den Nachtwächter, den Wilderer«, wandte der Gemeindepräsident ein, »aber Mani ist unschuldig.«

»Schön, wie du willst«, meinte Lustenwyler, »aber ich muß auch schreiben, was der andere gesagt hat, der Vertreter des Kurhausmieters. Ich bin allein, dazu brauche ich Tage, das geht lang, bis du Bescheid bekommst.«

»Schreibst du auch, Mani habe den Wilderer gebissen?« fragte der Gemeindepräsident.

»Den Wilderer und den Nachtwächter«, meinte Lustenwyler und öffnete die Büchse mit Bohnen. »Aber wir haben nur ein verbissenes Füdle und sollten zwei haben. Verflixt kompliziert zum Schreiben.«

»Und wenn du nichts schreibst?« fragte der Gemeindepräsident.

»Dann geht das Füdle vom Nachtwächter und der Hund vom Gemeindepräsidenten in Ordnung«, sagte Lustenwyler und schüttete die Bohnen in den Kessel mit der Fleischsuppe.

»Dann schreib nichts«, sagte der Gemeindepräsident und ging nach Hause.

Doch rechnete er nicht mit den Überlegungen des Reichsgrafen von Kücksen, der nicht mit dem Charakter des Gemeindepräsidenten rechnete. Für den Reichsgrafen war der Vorfall der dümmstmögliche. Er war überzeugt, daß entweder der ›Kaminfeger‹ oder der Kunde von Raphael, Raphael und Raphael oder beide zusammen, wenn sie nicht gar identisch waren, ihm eine Falle gestellt hatten, um so mehr, als ihm in der Minervastraße 33a drei völlig andere Herren als Raphael, Raphael und Raphael gegenübersaßen, alle drei dick, nur unterschieden durch ein Doppel-, Tripel- und Quadrupelkinn. Das Doppelkinn meinte, er hätte sie sofort informieren sollen, das Tripel-, er hätte das Ganze vermasselt mit seiner Schnapsidee, auch noch seinen Köter zubeißen zu lassen, und das Quadrupelkinn befahl, von Kücksen habe das Unglück selber wiedergutzumachen. Auch war es dem Reichsgrafen vorgekommen, das Haus Minervastraße 33 a sei irgendwie anders als vorher, womöglich noch baufälliger, er war zur Straße zurückgegangen, bevor er es betreten hatte, aber die Nummer stimmte. Das Syndikat hatte einen Fehler gemacht, nicht er, daß Raphael, Raphael und Raphael diesen Fehler nun auf ihn zu wälzen versuchten, typisch für diese Bruchbude, die sechzig Prozent von seinen verkauften echten Bildern kassierte. Daß sie jetzt mit ihm nur über Stellvertreter verhandelten, eine Frechheit. Aber er stand nun einmal vor dem Schlamassel. Unzucht mit einer Minderjährigen kam automatisch vor Gericht. Zwar hatte der Dobermann das Ärgste verhütet, es war keine Schnapsidee gewesen, sondern Geistesgegenwart. Er mußte der Anzeige des Gemeindepräsidenten zuvorkommen. Er reichte in der Kantonshauptstadt eine Schadenersatzklage ein.

An einem Dezembermorgen stapfte Lustenwyler verlegen durch den Schnee, der endlich gefallen war, zum Gemeindepräsidenten und erklärte, auf Mani zeigend, der sich ihm wedelnd durch den Schnee entgegengepflügt hatte, der Hund müsse erschossen werden, es gehe nicht an, ein so gefährliches Tier herumlaufen zu lassen, er habe von der Kantonshauptstadt Bescheid bekommen. Ob Lustenwyler verrückt geworden sei, verwunderte sich der Gemeindepräsident, er habe die Sache mit Elsi nur nicht angezeigt, damit Mani nicht angezeigt werde. Er habe den Hund ja gar nicht angezeigt, erwiderte der Polizist, das habe von Kücksen getan, Gesetz sei Gesetz. Mani müsse erschossen werden, er fürchte sich ja selber vor ihm, so groß sei er. Der Gemeindepräsident sagte ruhig – und seine Ruhe wirkte um so gefährlicher, als er die Jagdflinte holte –, Lustenwyler solle sich davonmachen, sonst schieße er. Aber nicht auf den Hund. Er wolle das nicht gehört haben, sagte der Polizist und stapfte durch den Schnee zu seinem Jeep zurück, fuhr davon. Elsi, rief der Gemeindepräsident, aber sie war nicht zu finden. Das verflixte Meitschi, dachte er, wenn er nur wüßte, was damals passiert war. Doch Elsi blieb verschwunden. Das Mädchen war durch den Schnee zur Schlucht hinuntergewatet, hatte sich hinter einer Schneewehe versteckt, als der Polizist mit dem Jeep heraufkam. Drunten in der Schlucht war die Kantonsstraße aper, aber die Straße zum leeren Kurhaus hinauf tief verschneit, niemand brauchte mehr Milch, der Nachtwächter lag noch im Spital. Elsi stapfte durch den Schnee zum Kurhaus hinauf, vor dem Eingang zum Park blieb sie stehen, schaute zum Kurhaus hinüber, stand da in ihrem dicken roten Pullover und der roten Mütze. Das Kurhaus lag im Schneelicht, es leuchtete durch die Bäume des Parks, etwas leckte ihre Hand, es war Mani, der Elsi gesucht hatte, sie sagte, er solle heimgehen, der Hund wälzte sich durch den Schnee die Schlucht hinunter. Elsi näherte sich dem Kurhaus, fand eine frische Fußspur, folgte ihr, die Fußspur führte zum Lieferanteneingang, Elsi blieb stehen, wartete, sagte zaghaft hallo, stand da, ging ums Kurhaus herum durch den tiefen Schnee, kam wieder zu den Fußspuren zurück, zu der fremden und der ihren. Plötzlich wurde es eiskalt. Das Kurhaus lag nicht mehr im Sonnenlicht, das lag nun oben im Wald, und die Felsen des Spitzen Bonders leuchteten hell.

Das Dorf lag längst im Schatten. Der Gemeindepräsident schnitzte an Mani herum. Seit er Mani hatte, schnitzte er an dem Holzblock, der Hund sollte ein Abbild vom sitzenden Mani werden, so würde Mani ewig leben, aber er wurde es immer nur fast, der Kopf war nie ganz wie der Manis, er suchte ihn zu verbessern, und wenn der Kopf Mani glich, war das übrige zu groß, dann schnitzte er am Leib herum, und wenn der endlich stimmte, stimmte der Kopf nicht mehr, und so wurde die Holzschnitzerei immer kleiner, jetzt hatte sie die Größe eines Dürbächlers und das Aussehen eines Mopses, so unkonzentriert hatte der Gemeindepräsident gearbeitet. Er legte sein Werkzeug beiseite. Ein neuer Holzblock mußte her. Irgend etwas hatte er falsch gemacht, nicht nur bei der Schnitzerei, aus Elsi wurde er nicht klug, er war mit ihr nie zurechtgekommen, und er hatte keine Ahnung, wo sie sich herumtrieb. Der Hund war auch verschwunden gewesen, aber jetzt lag er vor der Haustür. Der Gemeindepräsident stapfte durch das Dorf. Der Hund bellte ihm nach. Es grauste ihm wohl, mitzukommen. Das Dorf war wie ausgestorben. Die Straße nicht vom Schnee geräumt. Einmal sank er bis zur Hüfte ein. Ein Kellereingang war zugeweht, so daß er ein Teil der Straße schien. Vor der Garage standen zwei Taxis mit meterhohen Schneedecken. Aus der Pinte ›Zur Schlacht am Morgarten‹ torkelte Zavanetti in sein Antiquariat. Jemand lebte noch. Auch bei der Post. Die Witwe Hungerbühler warf ihren täglichen Brief ein. Vom Schulhaus her hörte er rezitieren: »Verlaßt mich hier, getreue Weggenossen! Laßt mich allein am Fels, in Moor und Moos! Nur immer zu! Euch ist die Welt erschlossen, die Erde weit, der Himmel hehr und groß; betrachtet, forscht, die Einzelheiten sammelt, Naturgeheimnis werde nachgestammelt.« Es war Adolf Fronten, der Schulmeister. Er war aus der Kantonshauptstadt gekommen und im Dorf hängengeblieben. Schicksalsweisheit, hatte er gemeint, das Dorf sehe aus wie an einen Schattenhang hingeschissen, aber sei andern Kaffs vorzuziehen, weil es in ihm keinen Grund gebe, nüchtern zu sein. Er ging gegen sechzig, ein Hüne mit feuerroten Haaren und einem feuerroten Bart, schneeweiße buschige Brauen über stechend blauen Augen und so voller Sommersprossen, daß er von sich sagte, seine Mutter habe vergessen, ihn bei der Geburt abzutrocknen. Er hatte einmal seltsam zarte Geschichten geschrieben: ›Die Väter des Vaters der Söhne des Zebedäus‹, ›Was wäre, wenn Erzbischof Mortimer schwanger würde?‹, ›Leise, aber fürchterlich‹, ›Die Klage des Viehs und der Weiber‹, ›Das Schweigen der Posaunen von Jericho‹, zusammen kaum fünfzig Seiten, bekam den Matthias-Claudius-Preis, bereiste mit Unterstützung der Pro Helvetia und des Goethe-Instituts Kanada, Ecuador und Neuseeland, verprügelte im Suff einen Erziehungsdirektor und nahm die Stelle eines Dorfschulmeisters im Durcheinandertal an, das er seitdem nicht mehr verließ. War er einer der ersten gewesen, der, von Robert Walser beeinflußt, die treuherzige Kindlichkeit in die eidgenössische Literatur eingeführt hatte, so erklärte Fronten nun seine literarische Produktion für Mist. Zwar hörte er nicht auf zu schreiben. Im Gegenteil. Er schrieb immerzu, schrieb, während er rezitierte, schrieb, während er soff, schrieb auch während der Schulstunden, riß die Blätter vom Block, warf sie weg, überall lagen sie herum, in der Schule, auf der Straße, im Wald jenseits der Schlucht hinter dem Kurhaus. Aber es waren nur noch einzelne Sätze, die er schrieb, ›Denkstützen‹, wie er sie bezeichnete, Sätze wie »Die Mathematik ist eine Spiegelschrift der Melancholie«, »Die Physik ist nur als Kabbala sinnvoll«, »Der Mensch hat die Natur erfunden«, »Hoffnung setzt die Hölle voraus und bewirkt sie«, aber manchmal schrieb er nur Worte nieder: Eiszeitlose, Apokalypso, Meduselei, Achillesfersengeld. Sein Verleger kam von Zeit zu Zeit, energisch, sportlich, sammelte die Blätter ein, die von den Schulkindern aufgelesen und aufbewahrt wurden, konnten sie doch mit den gefundenen Notizen etwas verdienen. Die ›Denkstützen‹ lagen so schon in fünf Bänden vor. Die Kritik war fasziniert, nur einer behauptete, der noch nicht fünfzehnjährige Conradin Zavanetti vermöge die Handschrift Frontens so täuschend nachzuahmen, daß viele Zettel (»Lehrer furzen hochdeutsch«, »Oben saufen, unten dichten« usw.) von diesem Bengel stammten. Der Verleger kündigte einen Roman an, ›Fallstricke‹. Fronten dementierte, wurde menschenfeindlicher. Seine Kollegen vom Schriftstellerverein nannten ihn den Rübezahl vom Durcheinandertal. Er verschwand, wenn Kritiker kamen, Journalistinnen starrte er wortlos an, gefiel ihm eine, riß er sie in seine Wohnung, warf sie aufs Bett, nahm sie und jagte sie wieder aus dem Haus, ohne ein Wort mit ihr gesprochen zu haben. Als Lehrer wurde er von der Gemeindeversammlung immer wieder abgewählt. In der Gesamtschule ging es drunter und drüber. Schrieb er und lärmten die Schüler zu arg, schleuderte er vom Fuß weg einen seiner stets offenen, genagelten Schuhe in die Klasse. Einmal hatte er Elsi getroffen, die Narbe an der Stirn war noch zu sehen. Kaum daß man Lesen und Schreiben lernte und das Einmaleins. Doch da sich niemand anderes fand, blieb er, schrieb und soff weiter. Außerdem war er dem Dorf als Gemeindeschreiber nützlich. Der Gemeindepräsident mochte ihn, obwohl Fronten nur Hochdeutsch sprach und der Gemeindepräsident Mühe mit dem Hochdeutschen hatte.

Er stieg in den ersten Stock, wo Fronten über dem Schulzimmer wohnte. Fronten saß in der Küche am Tisch, neben ihm eine halbvolle Flasche Rum. Er schrieb. Der Gemeindepräsident setzte sich ihm gegenüber. Fronten schenkte sich Rum ein, schrieb weiter, schaute auf, öffnete das Küchenfenster, warf das Geschriebene hinaus, schloß das Fenster, holte ein zweites Glas, stellte es vor den Gemeindepräsidenten auf den Küchentisch, füllte es mit Rum, setzte sich wieder.

»Red«, sagte er und hörte dem Gemeindepräsidenten zu, der umständlich seine Sorgen erzählte.

»Pretánder«, sagte Fronten, »in diese Affäre möchte ich mich nicht einmischen. Es geht dir um den Hund. Ich hasse Hunde, Goethe hat Hunde auch gehaßt, ja er ist als Theaterdirektor zurückgetreten, weil ein Hund hätte auftreten sollen und dann aufgetreten ist. Möglich, Mani ist eine Ausnahme, ein poetischer Hund wie Mephistopheles als Pudel. Aber zu retten ist er nicht mehr. Er hat gar zu teuflisch zugebissen. Ob er freilich den richtigen Hintern erwischt hat, kann ich bei dem Durcheinander damals nicht beschwören. Vergiß das Gestürm mit dem Kurhaus. Daß Elsi eine mannstolle Donnersgöre ist, das ist eine Tatsache, und das a posteriori des Nachtwächters ist auch eine Tatsache, und Tatsachen soll man in Ruhe lassen.«

»Was willst du damit sagen«, fragte der Gemeindepräsident, »mit dem Durcheinander?«

»›Ihr holden Schwäne, und trunken von Küssen tunkt ihr das Haupt ins heilignüchterne Wasser‹ habe ich im Wald hinter der Dependance rezitiert«, sagte Fronten, »was schon abstrus ist, weder küssen sich die Schwäne, noch haben sie Häupter, und das gräßliche ›tunkt‹ verwandelt das heilignüchterne Wasser in Milchkaffee. Aber noch abstruser ist, was sich vor meinen Augen vor dem Lieferanteneingang abgespielt hat. Pretánder, Pretánder.« Er schwieg, goß sich Rum ein, schwieg weiter.

»Was denn?« fragte der Gemeindepräsident. »Was hast du gesehen?«

»In der Milchpfütze haben sie sich gewälzt«, antwortete Fronten, »Elsi, einer und ein zweiter und der Hund, ich habe das Stöhnen des Elementaren bis zum Wald hinter dem Kurhaus herauf gehört. Wie in der Walpurgisnacht ist es zugegangen, obgleich es am Vormittag geschah.«

Er goß sich Rum nach. »Aber misch dich nicht ein, Pretánder. Elsi verkraftet das schon. Um ehrlich zu sein, die braucht es nicht einmal zu verkraften, die ist stärker als wir alle. Und der Hund – ist es wahr, daß er dir zugelaufen ist?«

»Er hat sich ins Durcheinandertal verirrt«, sagte der Gemeindepräsident.

»Wie ich«, sagte Fronten. »Ich habe mich auch ins Durcheinandertal verirrt. Was bleibt einem anderes übrig in diesem Land, Gemeindepräsident, als sich hierher zu verirren?«

Dann stierte er vor sich hin, vergaß den Gemeindepräsidenten, bemerkte nicht, ob er noch zuhörte oder schon gegangen war, ging auf einmal zum Küchenfenster, riß es wieder auf und schrie: »Die verdammte Frau von Stein.«

Der Gemeindepräsident war zu sehr Bauer, als daß ihn die Möglichkeit, Elsi sei doch vergewaltigt worden, in Rage versetzt hätte, aber Elsi war noch nicht sechzehn, das sei Unzucht, hatte Lustenwyler gesagt, und nun ärgerte es den Gemeindepräsidenten, die Unzucht nicht angezeigt zu haben, aus lauter Sorge, der Hund könnte verklagt werden, was ja nun geschehen war. Nun mußte er ihn retten, Elsi war Gott sei Dank vergewaltigt worden, der Schulmeister hatte es gesehen. Aber weil er ein Bauer war, hatte auch alles seine Zeit, und so fuhr er denn auch erst Ende Februar mit dem Postauto zum nächsten Dorf und von dort mit der Bahn, die bei jedem Nest hielt, in die Kantonshauptstadt. Er hatte sich beim Regierungspräsidenten angemeldet, und ein Regierungspräsident hatte jeden Gemeindepräsidenten anzuhören, auch wenn es von ihnen über zweihundert gab. Dafür brauchte er nicht zimperlich mit ihnen umzugehen.

»Pretánder«, schnauzte ihn der Regierungspräsident an, dem außerdem das Justiz- und Polizeiwesen des Kantons unterstand, bevor der Gemeindepräsident überhaupt sein Anliegen vorbringen konnte, »die Geschichte ist mir nur zu gut bekannt, es liegt längst eine Schadenersatzforderung des Kurhausmieters vor, der Gebissene ist schlimm von deinem verflixten Vieh zugerichtet worden, das immer noch frei herumläuft, der arme Teufel kann jetzt noch nicht sitzen, der betroffene Körperteil ist total zerfleischt, ob er überhaupt wieder herzustellen ist, fraglich. Geht es dir nicht in den Grind, Pretánder? Du wirst dich wundern, was dir alles blühen kann. Ich mein es gut mit dir. Zeig wenigstens deinen guten Willen und erschieß den Hund.«

»Die vom Kurhaus sollen ihren guten Willen zeigen«, antwortete der Gemeindepräsident. »Elsi ist vergewaltigt worden, und Mani hat sie nur verteidigt.«

»Vergewaltigt?« stutzte der Regierungspräsident, »vom Nachtportier? Dem ist doch das Füdle verbissen worden.«

»Von einem andern ist Elsi vergewaltigt worden«, erklärte der Gemeindepräsident, »während Mani eben den Falschen erwischt hat.«

Der Regierungspräsident runzelte die Stirn. »Das meldest du erst jetzt?« fragte er.

»Ich habe gedacht, Mani geschieht nichts, wenn ich es nicht melde«, erklärte der Gemeindepräsident.

Der Regierungspräsident lehnte sich zurück. »Pretánder«, sagte er, »wir beide brauchen uns doch nichts vorzumachen, Mädchen in diesem Alter haben die unanständigsten Wunschphantasien.«

»Ich habe einen Zeugen«, wandte der Gemeindepräsident ein.

»So, einen Zeugen«, antwortete der Regierungspräsident, »wen denn?«

»Den Fronten«, sagte der Gemeindepräsident.

»Der Dichter. So, so, der Dichter«, meinte der Regierungspräsident. »Wenn du eine Anzeige wegen Unzucht machen willst, mußt du sie beim Polizist einreichen, der meldet sie dem Staatsanwalt, und der teilt sie dem zuständigen Kreisgericht zu.«

»Alles soll wieder von vorne anfangen?« fragte der Gemeindepräsident entsetzt.

»Ordnung muß sein.«

»Ich mache die Anzeige«, sagte der Gemeindepräsident.

»Pretánder«, antwortete der Regierungspräsident, »du bist ein Stierengrind und läßt dich in eine Sache ein, die für dich und das Durcheinandertal nicht gut ausgehen kann. Ich kann dir nicht sagen, warum. Du meinst, weil ich Regierungspräsident bin und außerdem das Justiz- und Polizeiwesen unter mir habe, wisse ich besser Bescheid als du. Einen Dreck weiß ich. Ich sage dir, Gemeindepräsident, unser Land ist das undurchsichtigste Land der Erde. Niemand weiß, wem was gehört und wer mit wem spielt, wer die Karten im Spiel und wer sie gemischt hat. Wir tun so, als ob wir ein freies Land wären, dabei sind wir nicht einmal sicher, ob wir uns überhaupt noch gehören. Die Geschichte mit deinem Elsi und deinem Hund gefällt mir nicht, und das mit dem Hintern vom Nachtwächter ist mir unheimlich. Seit wann läßt sich ein Nachtwächter dorthin beißen? Und dann dieser Reichsgraf von Kücksen? Gibt es überhaupt so einen Titel? Und Liechtensteiner ist er auch noch. Die wollen Österreicher und Schweizer zugleich sein und Liechtensteiner noch dazu. Aber was hat ein Liechtensteiner im Durcheinandertal zu suchen? Da steckt etwas dahinter, das wir am besten nicht aufstöbern, wir stöbern in den Tresoren unserer Banken auch nicht herum. Geheimnisse sollen geheim bleiben. Und ein Prozeß ändert daran nichts.

Mach deine Anzeige nicht, auch wenn's stimmt, jede Unschuld geht einmal verloren, und mit dem Liechtensteiner will ich mal reden, ich wette, der läßt seine Anzeige auch fallen. Nur den Hund mußt du erschießen. Das muß ich als Polizeidirektor fordern, im Frühjahr wird das ›Haus der Armut‹ wiedereröffnet, da sind durch deinen Mani weit kostbarere Füdle im Spiel als dem Nachtwächter seines.«

»Den Hund erschieße ich nicht, und die Anzeige mache ich auch«, sagte der Gemeindepräsident störrisch.

Der Regierungspräsident erhob sich. »Dann laß ich den Hund erschießen. Rumple in dein Nest zurück, und das schleunigst, ich muß in den ›Bären‹ zum Jaß.«

Beim Polizeiposten stieg der Gemeindepräsident aus dem Bus und machte bei Lustenwyler die Anzeige. Jetzt müsse er doch schreiben, murrte der, eine Kalbshaxe essend, und brauchte einige Tage, bis er die Anzeige geschrieben hatte, und noch einige Tage vergingen, bis er zum Dorf hinauffuhr und vom Gemeindepräsidenten die Unterschrift unter der Anzeige hatte, diesem ratend, er solle sich einen Rechtsanwalt nehmen, von jetzt an gehe es lang. Darauf schickte Lustenwyler, der nicht wußte, was er mit der Anzeige machen sollte, sie zum Polizeiposten im übernächsten Dorf, wo ein Wachtmeister war, den er kannte. Dieser fand den Brief nach zwei Tagen in der Post, als er sie zufällig durchsah, und brachte die Anzeige persönlich zum Gemeindeschreiber, der auch noch der vom Volk gewählte Kreisrichter war. Aber weil der Gemeindeschreiber mit den Steuererklärungen, die er für jeden steuerpflichtigen Gemeindebürger persönlich ausfüllte, noch nicht fertig war, schickte er Ende März die Anzeige in die Kantonshauptstadt zum Untersuchungsrichter, der die Anzeige las. Der Untersuchungsrichter war von seinen Vorurteilen bestimmt. Eigentlich hatte er Chirurg werden wollen, das Geld fehlte, er wurde Jurist, auch hier fehlte das Geld, selbständig zu werden, immer fehlte das Geld, er wurde Beamter, auch hier haperte die Karriere, er war nicht der eigentliche Untersuchungsrichter, der war in den Ferien, er war auch nicht dessen Stellvertreter, der war erkrankt, er war der Stellvertreter des Stellvertreters. Durch seine Erfolglosigkeit überzeugt, daß alles im Kanton falsch laufe, war er sofort überzeugt, daß Elsi vergewaltigt worden sei und daß der Hund nur zugebissen habe, um Elsi zu verteidigen. Doch weil der Grund seiner Überzeugung in jenem Minderwertigkeitsgefühl lag, das nie endende Erfolglosigkeit und Pechsträhnen bewirken, fehlte ihm der Mut, auf die Anzeige einzugehen, und er schob sie in den Briefumschlag zurück. Sein Vorgesetzter, der eigentliche Stellvertreter des Untersuchungsrichters, hatte sich am nächsten Montag von der Grippe erholt. Er ließ die Anzeige im Briefumschlag. Was vom Durcheinandertal komme, sagte er, lese er prinzipiell nicht. Dafür las die Anzeige der wirkliche Untersuchungsrichter, als er von den Ferien zurückkam, um so gründlicher, schüttelte den Kopf, resümierte, da liege doch schon eine Schadenersatzklage vor, von welcher der Regierungspräsident meine, sie pressiere nicht, und einige Rechtsanwälte hätten gefragt, ob der Gemeindepräsident Pretänder den Nachtwächter des Kurhauses angezeigt habe, und jetzt diese Anzeige. Da braue sich ein Prozeßdurcheinander zusammen, das unzählige Untersuchungen und Verhöre nötig mache wie jede Lappalie, die sich durch alle ihr verfügbaren Instanzen bis vors Bundesgericht fresse, und wenn sie endlich dort angekommen sei, habe das gute Meitschi längst fünf Bälger, und es sei ihr furzegal, welcher von wem stamme. Da sei Verhütung oberste Pflicht der Justiz. Vergewaltigung! Und das noch im Durcheinandertal. Das sei dort halt die natürlichste Art von Beischlaf. Er sei doch nicht so blöd und hetze sich den ›Blick‹ und den

›Beobachter‹ auf den Hals. Er begrub die Anzeige unter einem Stapel noch zu behandelnder Anzeigen, und am Abend im ›Bären‹ beim Jassen fragte er den Regierungspräsidenten, ob der Gemeindepräsident vom Durcheinandertal bei ihm gewesen sei. Der Regierungspräsident, einen Stumpen rauchend, nickte. Der gute Mann mit seiner Tochter und seinem Hund sei ein Löli, sagte der Untersuchungsrichter und teilte die Karten aus. Der Hund müsse weg, und der Kanton habe Ruhe.

Der Gemeindepräsident blieb stur. Er lief von Rechtsanwalt zu Rechtsanwalt und von einem Nationalrat im Kanton zum andern und sogar zu den zwei Ständeräten, doch wollte ihm keiner helfen. Die Anzeige sei nun einmal »vernuschet«, er solle sich in die Lage des Untersuchungsrichters versetzen, der ersticke in all den Anzeigen, auch habe der Gemeindepräsident keinen Beweis als Elsis Flunkereien, eine neue Anzeige verschlimmere alles, und der Anordnung, den Hund zu erschießen, solle er endlich nachkommen. Der Gemeindepräsident dachte nicht daran, so daß nach der dritten Mahnung der Polizist Lustenwyler den Befehl bekam, die Exekution zu vollziehen. Er nahm sein Dienstgewehr von der Wand, fuhr mit dem Jeep bis zur Straßenkreuzung und trottete zum Dorf hinauf.

Am Dorfeingang stand der Gemeindepräsident, auch mit einem Gewehr unter dem Arm. Neben ihm saß Mani. Lustenwyler blieb stehen, überlegte. Eigentlich müßte er auf den Hund zielen, aber der Gemeindepräsident könnte dann auf ihn zielen. Lustenwyler überlegte. Es war die Frage, ob er überhaupt auf den Hund schießen durfte, weil der Hund neben dem Gemeindepräsidenten saß, und wenn er diesen traf statt jenen –? Lustenwyler überlegte. Ob es für diese Fälle ein Polizeireglement gab? Er hatte ein vages Gefühl, es gebe ein Polizeireglement für ähnlich gelagerte Fälle. Aber was waren das für Fälle? Lustenwyler wußte es nicht. Nun standen sie sich schon eine Stunde gegenüber, er, der Gemeindepräsident und der Hund. Lustenwyler bekam Hunger. Er nahm eine Cervelat aus der Seitentasche und begann zu essen. Der Hund wedelte mit dem Schwanz. Lustenwyler griff wieder in die Seitentasche und warf dem Hund eine Cervelat zu, das ziemte sich, weil er ihn ja erschießen mußte. Der Gemeindepräsident griff in die Seitentasche und entnahm ihr auch eine Cervelat. Alle drei aßen Cervelats. Der Gemeindepräsident, der Hund und der Polizist. Der Hund am schnellsten. Lustenwyler wußte immer noch nicht, wie er den Hund erschießen könnte. Nun standen sie sich schon zwei Stunden gegenüber. Wenn er den Gemeindepräsidenten aufforderte, zur Seite zu treten, durfte er nicht gleichzeitig auf den Hund zielen, denn zielte er gleichzeitig, zielte auch der Gemeindepräsident gleichzeitig, aber auf ihn, und schössen sie gleichzeitig, könnten gleichzeitig er, Lustenwyler, und der Hund erschossen werden, er, Lustenwyler, stürbe dann zwar in Ausübung seiner Pflicht, aber von einer Pflicht, für das Erschießen eines Hundes zu sterben, hatte er noch nie gehört, ein Hund war kein Vaterland. Wenn er aber den Gemeindepräsidenten aufforderte, zur Seite zu treten, ohne auf den Hund zu zielen, und der Gemeindepräsident träte zur Seite, ohne auf ihn zu zielen, könnte er erst nachher auf den Hund zielen, aber weil der Hund schnell war, könnte der Hund ihn packen, bevor er den Hund erschießen könnte. Nun standen sie sich schon drei Stunden gegenüber. Lustenwyler trottete zum Jeep zurück.

Kaum hatte er sein Dienstgewehr wieder an die Wand gehängt, als der Regierungspräsident anrief, ob der Hund erschossen sei. Lustenwyler schüttelte den Kopf. Ob er noch am Apparat sei, fragte der Regierungspräsident. Jawohl, sagte Lustenwyler. Dann solle er antworten. Er habe geantwortet, meinte Lustenwyler, er habe ja den Kopf geschüttelt. Also nicht, schnauzte der Regierungspräsident. Der Gemeindepräsident sei mit einem Gewehr neben dem Hund gestanden, erklärte Lustenwyler. Ob der Gemeindepräsident Lustenwyler bedroht habe, fragte der Regierungspräsident. Er hätte ihn bedrohen können, wenn er versucht hätte, den Hund zu erschießen, antwortete der Polizist. Ob er denn auf den Hund überhaupt geschossen habe, brüllte der Regierungspräsident, so laut, daß Lustenwyler den Hörer von sich hielt. Was der Regierungspräsident gefragt habe, fragte Lustenwyler zurück, es sei zu laut gewesen, er habe nichts verstanden. Der Regierungspräsident wiederholte seine Frage übertrieben freundlich. Das habe er doch nicht gekonnt, weil er den Gemeindepräsidenten hätte treffen können, antwortete Lustenwyler. Der Regierungspräsident legte auf. Zwei Tage später, drei Uhr morgens, erschien Polizeiwachtmeister Blaser vom Nachbardorf mit drei weiteren Polizisten aus dem Tal vor dem Polizeiposten, mit Eggler, Stucki und Heimättler. Jeder mit einem Dienstgewehr. Lustenwyler hatte eine Rösti mit Speck zubereitet, dazu Milchkaffee. Wann es hell werde, fragte der Wachtmeister. Nach fünf graue es, sagte Lustenwyler und gab jedem noch ein Spiegelei. In einer Stunde sei Aufbruch, bestimmte der Polizeiwachtmeister, zu Fuß. Damit die nichts merkten. Der Hund liege in der Hundehütte vor dem Haus des Gemeindepräsidenten. Einfach hineingeschossen, alle auf einmal. Und wenn der Hund nicht herauskomme? fragte Eggler. Vielleicht sei er gar nicht im Hundehaus, gab Stucki zu bedenken, und Heimättler meinte, er wette, der Hund schlafe in der Küche. Lustenwyler schaufelte Rösti nach und prägelte für jeden noch ein Spiegelei. Man werde sehen, sagte der Polizeiwachtmeister und trank seinen Milchkaffee aus. Jetzt täte ein Schnaps gut, sagte Stucki. Sie seien im Dienst, sagte Wachtmeister Blaser. Draußen werde es hundekalt, stellte Heimättler fest. Was er denn für Schnaps habe, fragte der Polizeiwachtmeister. Kräuter, antwortete Lustenwyler. Einer könne nicht schaden. Als sie aufbrachen, war die Flasche leer. Er solle noch eine Flasche mitnehmen, sagte der Polizeiwachtmeister zu Lustenwyler und hatte etwas Mühe mit Reden. Es war stockdunkel, sie tasteten der Straße entlang. Unten irgendwo in der Finsternis rauschte der Fluß. Es sei hundekalt, sagte Eggler. Das habe er ihnen vorausgesagt, meinte Heimättler. Sie müßten ja auch einen Hund töten, sagte Stucki mißmutig. Das gehe aber steil hinauf, stellte der Polizeiwachtmeister fest. Zum Dorf gehe es steil hinauf, beteuerte Lustenwyler, sie gingen schon richtig. Ein Kräuter täte jetzt gut. Sie traten zusammen, ließen die Flasche kreisen. Etwas brummte ihnen entgegen. Sie stoben auseinander. Zwei Busse fuhren mit abgeblendeten Scheinwerfern an ihnen vorbei. Sie hätten den falschen Weg genommen, sagte der Polizeiwachtmeister, die Busse kämen vom Kurhaus. Jeder Mensch könne sich irren, entschuldigte sich Lustenwyler. Er habe noch einen Kräuter nötig, sagte der Polizeiwachtmeister. Die Busse seien voller Menschen gewesen, meinte Eggler. Was die wohl im Kurhaus gesucht hätten, das sei doch leer. Lustenwyler entkorkte die Flasche zum zweiten Mal. Das Kurhaus sei den ganzen Winter voller Leute gewesen, sagte er. Wenn sie die Busse angehalten hätten, wäre ihnen vielleicht ein Bombenfang geglückt, sagte Heimättler. Sicher, meinte Stucki. Ins Kurhaus mische er sich nicht ein, sagte der Polizeiwachtmeister, das sei Sache der Justiz, und die habe sich auch nicht eingemischt, aber jetzt komme der Morgen, und sie hätten den Hund zu erschießen, dabei sei das Dorf auf der anderen Talseite. Sie konnten jetzt etwas sehen, aber es war schon hell, als sie das Dorf erreichten. Es war wie ausgestorben. Zum Glück schliefen die noch, meinte Stucki. Die seien alle für den Gemeindepräsidenten, gab Lustenwyler zu bedenken. Der verfluchte Kräuter, meinte der Polizeiwachtmeister, er zittere immer, wenn er zuviel Kräuter genommen habe. Er müsse noch einen kippen bei dieser Saukälte, damit er nicht weiterzittere. Die Flasche sei jetzt leer, stellte Lustenwyler fest. Sie standen vor dem Hause des Gemeindepräsidenten. Das Hundehaus war leer. Unter der Haustür war ein Streifen Licht zu sehen. Vorsichtig drückte der Polizeiwachtmeister die Klinke nieder. Die Türe war unverschlossen. Das Gewehr schußbereit, stieß er mit dem linken Fuß die Türe auf. In der Küche stand Elsi im Nachthemd am Herd. Kommt nur rein, sagte sie. Vorsichtig traten die Polizisten einer nach dem andern ein. Der Polizeiwachtmeister stieß mit dem Gewehr die halboffene Türe zum Wohnzimmer auf, trat zurück, befahl, Elsi solle Licht machen. Der Hund war nicht im Wohnzimmer. Geh voran, befahl der Polizeiwachtmeister, und Elsi machte überall Licht, auch auf dem Boden, auch im Stall. Die vier Polizisten warteten in der Küche. Der Polizeiwachtmeister kehrte mit Elsi in die Küche zurück. Der Hund sei nicht im Haus, wo er sei. Mit dem Vater fort, antwortete Elsi. Wann der Gemeindepräsident mit dem Hund zurückkomme? Wenn sie fort seien, antwortete Elsi. Sie könnten warten, erklärte der Polizeiwachtmeister. Neben der Haustüre war eine Bank, dahinter eine Fensterreihe, deren Läden geschlossen waren. Der Polizeiwachtmeister setzte sich, die vier Polizisten ebenfalls, die Gewehre umklammert. Es sei saukalt draußen, sagte Heimättler. Elsi könnte ihnen einen Kaffee machen, sagte Lustenwyler. Das wäre lieb, sagte Eggler. Und wie lieb, meinte Stucki. Einen »Kaffee-fertig«? fragte Elsi. Einen Kaffee-fertig, nickte der Polizeiwachtmeister. Sie sahen zu, wie Elsi Kaffee machte. Viel Zucker? fragte sie. Viel, sagte der Polizeiwachtmeister, und viel Kirsch. Wenn sie schon warten müßten. Dann schlürften sie. Jeder aus einer großen, bauchigen Tasse. Noch einen? fragte Elsi. Noch einen, sagte Heimättler. Sie bereitete neuen Kaffee-fertig vor. Sie sei ein schönes Luder, sagte der Polizeiwachtmeister. Sie sei kein Luder, entgegnete Elsi ruhig. Er meine es ja nicht bös, sagte der Polizeiwachtmeister, aber mit wie vielen sie es denn im Kurhaus getrieben habe? Es sei ja niemand dort gewesen, antwortete Elsi, nur Wanzenried, und schenkte Kaffee ein. Ihm noch etwas mehr Schnaps, sagte Stucki. Elsi schenkte allen noch einmal Schnaps nach. Nun, mit wie vielen? insistierte der Polizeiwachtmeister. Der Nachtwächter sei es nicht gewesen, sagte Lustenwyler. Er habe oft bei ihm Wein getrunken, guten, Moulin-à-Vent, und hie und da wieder Verschiedenes gesehen. Das habe er aber nicht dem Vater erzählt, sagte Elsi. Reden sei Silber, Schweigen Gold, meinte Lustenwyler. Wenn er geredet hätte, müßten sie jetzt nicht Mani erschießen, stellte Elsi fest. Und wären jetzt nicht hier, fügte der Polizeiwachtmeister bei. Es wäre ihr lieber, sie wären nicht hier und Mani würde in Ruhe gelassen, sagte Elsi. Hund sei Hund und ein schönes Meitschi ein schönes Meitschi. Beide würden nie in Ruhe gelassen, sagte der Polizeiwachtmeister und schlürfte seinen Kaffee-fertig aus. Die anderen schlürften ihre Tassen auch leer. Eggler stellte seine Tasse auf das Fensterbrett und meinte, das habe ihm jetzt gutgetan, und lehnte das Gewehr gegen die Mauer. Wenn er jetzt noch einen Schnaps kriege, fügte er bei, sei er restlos zufrieden. Die Guttere sei leer, sagte Elsi, aber oben in Vaters Schlafzimmer sei noch eine ganz volle. Was denn neben dem Schlafzimmer des Gemeindepräsidenten sei, fragte der Polizeiwachtmeister. Ihre Kammer, antwortete Elsi. Schön, so könnten sie ja alle mit ihr hinaufgehen, meinte Stucki. Was sie denn da oben wollten, fragte Elsi verwundert. Den Schnaps und sie, sagte Heimättler. Das sei aber deutlich, sagte Elsi ruhig. Sie seien so gut wie die im Kurhaus, meinte Eggler. Sie seien Hosenscheißer, sagte Elsi, zu fünft gegen einen Hund. Der Polizeiwachtmeister stand auf. Sie fürchteten sich nicht vor dem Hund, er müsse nur exekutiert werden und werde exekutiert. Polizeilich. Und nun die Treppe hinauf mit ihr. Sie sei keine Hure, sagte Elsi. Das behaupte auch keiner, aber ein verflucht mannstolles Frauenzimmer. Elsi dachte nach, schaute dann den Polizeiwachtmeister herausfordernd an. Ob das schlimm sei, fragte sie, warf den Kopf zurück und sagte, sie gehe nur mit dem Stärksten hinauf. Er sei der Stärkste, behauptete der Polizeiwachtmeister. Das sei kein Beweis, sagte Elsi, er habe nur am meisten getrunken. Was es denn für einen Beweis gebe, fragte der Polizeiwachtmeister. Liegestütz, sagte Elsi trocken, wer am meisten Liegestütz machen könne, sei der Stärkste. Liegestütz, schrie Heimättler, er sei im Polizeiturnverein, er sei der Stärkste, stellte sein Gewehr neben jenes Egglers an die Mauer, knöpfte den Mantel auf, legte ihn auf die Bank und den Revolver aufs Fensterbrett, der hindere ihn nur, warf sich auf den Boden und eins, zwei, drei, vier, laut zählend machte er einen Liegestütz nach dem andern. Heimättler, wohl besoffen, schrie der Polizeiwachtmeister, aber schon stellte er sein Gewehr zu den zwei andern Dienstgewehren, schlüpfte aus dem Mantel, legte den Revolver aufs Fensterbrett und begann mit Liegestütz eins, zwei, drei, vier, fünf, Heimättler war schon bei neunzehn, und als er bei dreißig war, waren Eggler und Stucki auch beim Liegestütz. Nur Lustenwyler saß auf der Bank. Er war eingeschlafen. Die Kälte mit dem

Kräuter vorher und nun die Wärme und der Kaffee-fertig. Er öffnete die Augen. Verwundert sah er den Polizeiwachtmeister Blaser und die Polizisten Eggler, Stucki und Heimättler Liegestütz auf dem Küchenboden machen. Ohne zu wissen, warum sie das taten, stemmte er sich hoch, stellte sein Gewehr zu den andern, knöpfte den Mantel auf, legte ihn auf die andern, legte den Revolver zu den andern, warf sich auf den Küchenboden, machte einen Liegestütz, plumpste auf den Bauch zurück und schlief wieder ein. Er könne nicht mehr, sagte der Polizeiwachtmeister und erhob sich. Er auch nicht mehr, erklärte Stucki und rappelte sich ebenfalls hoch. Wenn man vorher so viel Kaffee-fertig – er schwitze wie ein Kalb. Auch Eggler gab auf. Der Kräuter vorher sei schuld, die Rösti und die Spiegeleier. Sie schauten neidisch auf Heimättler nieder, der immer noch liegestützte, wenn auch langsamer. Dreiundsiebzig, vierundsiebzig, fünfundsiebzig zählte er. Aufhören, Heimättler, sagte der Polizeiwachtmeister, aufhören, er habe gewonnen. Sechsundsiebzig, keuchte Heimättler und wollte sich erheben. Kniete vorerst, taumelte dann zur Treppe, setzte sich auf die zweitunterste Stufe, fiel eigentlich mehr hin. Er müsse verschnaufen, erklärte er. Mit Elsi könne er mit dem besten Willen nicht. Blaser soll's mit ihr machen. Am Boden lag immer noch Lustenwyler und schnarchte. Elsi solle mit ihm nach oben kommen, sagte der Polizeiwachtmeister zärtlich, ein so rassiges Meitschi habe er noch nie gehabt. Er sei nicht der Stärkste, sagte Elsi, und der Stärkste müsse verschnaufen, und einen so dummen Kerl wie ihn habe sie noch nie gehabt. Der Polizeiwachtmeister Blaser wollte antworten, aber blieb mit offenem Mund stehen: Vor den fünf Gewehren an der Wand und den fünf Revolvern auf dem Fensterbrett und den fünf Mänteln saß Mani, groß wie ein Kalb, und fletschte die Zähne. Auf dem Küchenboden schnarchte Lustenwyler. Sie solle den Hund hinaustun, befahl der Polizeiwachtmeister. Der Hund knurrte. Bitte, sagte der Polizeiwachtmeister höflich. Sie wollten Mani ja erschießen, sagte Elsi, da sei er nun. Er säße vor ihren Gewehren, und zu ihren Dienstrevolvern kämen sie auch nicht, sagte der Polizeiwachtmeister. Sie fürchteten sich ja nicht vor ihm, sie könnten die Waffen ruhig nehmen, sagte Elsi. Der Polizeiwachtmeister trat einen Schritt vor, Mani bellte kurz, der Polizeiwachtmeister blieb stehen. Wenn sie Mani wegschicke, nähmen sie ihre Waffen und Mäntel und ließen Mani in Frieden. Das kenne sie, sagte Elsi, dann kämen übermorgen noch mehr Polizisten und würden Mani trotzdem erschießen. Gesetz sei Gesetz. Wenn Mani aber sterben müsse, dürfe er wenigstens würdig sterben. Sie gebe ihm jetzt den Befehl anzugreifen, dann verbeiße er sich in den Polizeiwachtmeister, vorne oder hinten, das sei dessen Sache, und die andern könnten Mani erschießen. Ob sie verrückt geworden sei, fragte der Polizeiwachtmeister. Das sei doch dann fast wie in der Schlacht bei Sempach, sagte Elsi. Sie seien keine Helden, sie seien Polizisten, sagte Heimättler, der immer noch auf der Treppe gesessen hatte und jetzt aufstand und stöhnte, er habe sich einen Hexenschuß geholt. Das sei nicht nobel von ihr, grollte der Polizeiwachtmeister. Sie seien auch nicht nobel zu ihr und dem Mani gewesen, antwortete Elsi, sie sollten nun durch die Hintertüre hinausmarschieren. Lustenwyler schnarchte auf dem Küchenboden weiter. Sie kämen wieder, sagte der Polizeiwachtmeister und ging mit Eggler, Stucki und Heimättler durch die Hintertüre hinaus.

Nicht die Polizei kam wieder, die Armee kam. Der Regierungspräsident war ebenso störrisch wie der Gemeindepräsident und war nicht nur Vorsteher des kantonalen Justiz- und Polizeiwesens, sondern auch Oberst, wie jeder echte Magistrat. Da die Division, zu der sein Regiment gehörte, sich anschickte, ihr Manöver abzuhalten, schlug er dem Oberstdivisionär und dem Stabchef vor, sein Regiment ins Durcheinandertal zu führen, die Leute dort fühlten sich von der Landesverteidigung vernachlässigt. Auf den Einwand des Oberstdivisionärs, es sei kaum wahrscheinlich, daß jemand über den Spitzen Bonder eindringe, entgegnete er, die Russen hätten im Kaukasus Kletterspezialisten, die über den Spitzen Bonder infiltrieren könnten, dann müßte das Durcheinandertal durchkämmt werden, wäre das der Fall, und was der Fall sein könne, müsse geübt werden.

»Mit einem Regiment?« fragte der Stabchef stirnrunzelnd. Sie saßen im ›Steinbock‹ im Hinterzimmer und waren besoffen. »Und wer sollen die russischen Spione sein? Die müssen doch irgendwie markiert sein.«

»Der Hund des Gemeindepräsidenten«, sagte der Regierungspräsident. »Er muß erschossen werden. Auf Anweisung der Kantonalen Justizdirektion.«

Der Oberstdivisionär schüttelte den Kopf. »Der Hund ist Sache der Polizei.«

»Nicht wenn er ein sowjetrussischer Spion ist«, sagte der Regierungspräsident.

Der Stabchef dachte nach: »Weiß das der Hund?«

»Wir müssen ihn zuerst fragen«, überlegte der Oberstdivisionär. »Wenn der Hund schon einen

Spion darstellen soll, kann er diese Rolle nur freiwillig übernehmen. Ihn einfach abzuknallen und dann zu behaupten, er sei ein russischer Spion, ist unfair.«

»Ich weiß nicht, ob die Armee gegen einen einheimischen Hund überhaupt vorgehen darf«, gab der Stabchef zu bedenken.

»Er ist ein Spion«, stellte der Regierungspräsident kategorisch fest und zupfte seine Uniform zurecht.

Der Oberstdivisionär zögerte. »Er stellt nur den Spion dar. Gut, das können wir ja annehmen. Aber erschießen? Im Manöver? Zum Schein, meinetwegen. Aber echt?«

Doch weil der Oberstdivisionär den Regierungspräsidenten nicht verärgern wollte, erlaubte er schließlich Einsatz und Exekution. Der Regierungspräsident täuschte eine Nachtübung vor und rückte mit seinem Regiment ins Tal ein. Das Dorf wurde im Morgengrauen umzingelt, die Dorfausgänge mit Panzern gesperrt. Unter dem Vorwand, es sei Manöver und man übe das Suchen von russischen Spionen und einer habe sich als Mani verkleidet, wurde zuerst das Haus des Gemeindepräsidenten und dessen Stall untersucht, darauf durchwühlten die Soldaten die anderen Häuser, scheuchten die Bewohner aus den Betten und trieben das

Vieh aus den Ställen, um jeden Winkel mit schußbereitem Sturmgewehr zu durchstöbern. Stellte ein Bataillon das Dorf auf den Kopf, durchkämmte ein zweites den Wald hinter dem Kurhaus, während das dritte, eine Kette bildend, die Schattenseite hochstieg, mühsam, weil es bald in den Schnee geriet, doch beendeten drei Schüsse aus einer Panzerkanone die Suche. Ein Leutnant hatte mit seinem Armeefeldstecher vom Panzerturm aus auf einem Felszacken des Spitzen Bonders etwas entdeckt.

»Komm her!« Der Panzerschütze kletterte zum Leutnant, der ihm den Armeefeldstecher gab. »Dort.«

Der Panzerschütze suchte, beobachtete. »Ein Hund«, sagte er.

»Der Spion«, sagte der Leutnant.

»Ich weiß nicht«, sagte der Panzerschütze. »Er bewegt sich nicht.«

»Er verstellt sich nur«, erklärte der Leutnant, »um nicht aufzufallen. Er spielt den Spion verdammt gut.«

»Wenn Sie glauben«, sagte der Panzerschütze.

»Drei Schüsse!« befahl der Leutnant.

Der Panzerschütze gab drei Schüsse ab, worauf, nachdem die Staubwolke sich gelegt hatte, nicht nur Mani verschwunden war, sondern auch der Felszacken, auf dem er gesessen hatte.

»Siehst du«, lachte der Leutnant, »den haben wir erledigt.«

Der Regierungspräsident residierte in seiner Oberstuniform wie ein Landesfürst im ›General Guisan‹.

»Fein«, sagte er, als ihm der Leutnant den Volltreffer meldete, und ließ eine zweite Flasche Zizerser kommen, »dazu haben wir die Armee, und da gibt es noch Kälber, die ihre Abschaffung fordern.«

Das Manöver wurde abgebrochen, und das Eidgenössische Departement des Äußern entschuldigte sich beim Nachbarstaat, die drei Schüsse aus einer schweizerischen Panzerkanone, die einen Felszacken des Spitzen Bonders, der auf dem Hoheitsgebiet des Nachbarstaates angesiedelt sei, in die Luft gesprengt und damit zwei Kletterer auf der von der Schweiz aus nicht einsehbaren Seite des Berges in Lebensgefahr gebracht hätten, seien aus Versehen losgedonnert.

Die Dorfbewohner fühlten sich durch den Einsatz der Armee gedemütigt, vom Kanton im Stich gelassen, wie Unrat, den man dorthin bringt, wo's stinkt, in den hintersten Winkel der Welt, und dann liegen läßt. Nur dem Gemeindepräsidenten war alles gleichgültig. Es gebe keine Gerechtigkeit im Durcheinandertal, damit müsse sich die Gemeinde abfinden. Überhaupt war er seit dem Eingriff der Armee umgänglicher geworden, er verschwand zwar jeden Tag im Wald des Spitzen Bonders, aber seine Augen hatten etwas Verschmitztes bekommen. Nur der Witwe Hungerbühler ließ der zu Tode kanonierte Mani, wie sie sich ausdrückte, keine Ruhe. Sie drang bis zum Kreisrichter im übernächsten Dorf vor. Der Gemeindeschreiber putzte sich die Nase. Witwe Hungerbühler erklärte er, Hund sei Hund, und wenn er fürs Vaterland gefallen sei, um so besser, da habe doch so ein Hundeleben einen Sinn gehabt, und was von Kücksen betreffe, so habe dieser die Schadenersatzklage zurückgezogen, sie solle das dem Gemeindepräsidenten melden, das sei erstaunlich für einen Liechtensteiner, da könne der Gemeindepräsident nur jubeln, mehr zu verlangen wäre nur Zwängerei, Rechthaberei.

Gärte im Dorf der Unmut, feierte das ›Haus der Armut‹ Hochkonjunktur. Die Sommersaison hatte wieder begonnen. Es war überfüllt. Millionäre schliefen in Mansarden der Dependance auf Pritschen, die, hätten sie sich in Gefängnissen vorgefunden, von jeder Menschenrechtskommission mit Entrüstung für unzumutbar erklärt worden wären, aus allen Fenstern drang Lachen, Geträller und freudiges Quieken über die Schlucht zum verarmten Dorf. Doch die Gnade des Großen Alten warf auch Schatten. In einer warmen Sommernacht, es ging schon gegen zwei, machte Moses Melker, von der Seelsorge ermüdet, noch einen Rundgang im Park. Die intensiv leuchtenden Sterne erinnerten ihn an den Nil. Das mit Ottilie war ein Fehler gewesen – er hätte lieber Cäcilie – er unterdrückte den Gedankengang. Die Armut tat Moses Melker nicht gut. Er hatte sich in der eigenen Schlinge gefangen, war er doch als der Arme Moses berechtigt, im ›Hause des Reichtums‹ zu wohnen, wie er seine Villa ob Grienwil nannte. Aber mit Schaudern dachte er an die vergangenen Wintermonate zurück. Der dichte Nebel – erstaunlich, was die Grien meteorologisch zustande brachte –, der Gestank von den Niederalmen Chemiewerken her – und erst Cäcilie, Zigarren rauchend, Pralinen fressend, lesend. Sie hatte ihn beim Wort genommen, was er besitze, gehöre ihr, und er hatte die Gütertrennung unterschrieben. Wieder dachte er an den Nil. Eigentlich hatte er sich aufs ›Haus der Armut‹ gefreut, und er hatte sich denn auch jeden Abend und jeden Morgen in die Arbeit gestürzt, und so predigte und pries er die Armut gewaltiger denn je, so gewaltig, daß die Gäste vor Entsetzen darüber, daß sie reich waren, schlotterten, um dann um so freudiger die Kurhausarmut zu genießen, das Einander-Helfen, das Einander-Zulächeln, das Füreinander-Dasein. Wenn nur das Essen etwas besser wäre, dachte Melker. Es war noch jämmerlicher als in der vorigen Saison, auch jenes der Ärmsten hierzulande mußte, verglichen mit dem, was die Multimillionäre im ›Haus der Armut‹ mit Begeisterung hinunterwürgten, als opulent bezeichnet werden. In Gedanken vertieft war er ans östliche Ende des Parks gekommen. Licht fiel auf sein Buschnegergesicht. Es kam vom obersten Stockwerk des Ostturms. Ein melodischer Gesang war zu hören. Melker trat in den Schatten zurück und ging zum Kurhaus. Im Lieferanteneingang stand Krähenbühl.

»Wer ist im Ostturm?« fragte Moses Melker.

»Niemand«, antwortete Krähenbühl.

»Aber es ist dort Licht«, sagte Moses Melker. »Und jemand singt.«

»Unsinn«, sagte Krähenbühl. »Das Turmzimmer ist leer. Es darf nicht vermietet werden. Warum, keine Ahnung. War noch nie drin.«

Moses Melker ging in den Park zurück. Im Ostturm war kein Licht mehr.

Für den zoologischen Garten in Kingston auf Jamaika wurden zwei Abgottschlangen erwartet. Boa constrictor. Als die Kiste geöffnet wurde, war sie leer. Zwei Wochen später wurden die Schlangen in einem Hotel zwei Autostunden von Kingston entfernt gesehen. Das Hotel schmiegte sich in einem dichten Dschungel an die Kuppe eines Regenwaldes und stand seit Wochen unter einem Sprühregen, der die Gäste vertrieben hatte. Ums Hotel war ein Schleifen, wie von Messern, hervorgerufen durch die Palmblätter, die der Wind gegeneinanderrieb. Überall schienen Wände zu fehlen, durch das Hotel stoben der Wind und der Sprühregen. Alles war feucht, und überall hingen Bananen in Bündeln und an Schnüren aufgereiht, große Bananen, kleine Bananen. In der gegen das Speisezimmer offenen Bibliothek ein aufgequollener Flügel. Reihen verschimmelter Bücher, auf den Fußböden aufgeweichte Teppiche, das Parkett gewellt, überall schossen Pilze aus den Ritzen. Im verandaähnlichen Speisezimmer nagte der Hotelbesitzer mit seiner Familie und der Köchin an einem alten Huhn. Der Hotelier war ein fünfzigjähriger, rothaariger, sommersprossiger, wimpernloser Schotte, seine Frau eine schöne, fünfzehn Jahre jüngere Mulattin, sein Sohn zwanzigjährig und tiefschwarz, nur die roten Haare bewiesen, daß der Schotte doch sein Vater war, die Köchin eine zwerghafte, verrunzelte Indianerin. Von der Straße herauf raschelte etwas. Die beiden mehrere Meter langen Abgottschlangen flitzten über den Tisch, die eine schneeweiß, die andere rötlichgrau mit großen eiförmigen graugelben Flecken in einem dunklen Längsstreifen, und verschwanden durch den Salon in den verandenähnlichen Vorbauten, die zu den höhergelegenen Gästezimmern führten. Die Familie saß unbeweglich vor Schreck, nur die Köchin nagte an ihrem Hühnerschenkel weiter. »O my God«, stöhnte der Hotelier, sprang auf, rannte zu einer Schrotflinte, gab eine zweite seinem Sohn, »o my God.« Sie schlichen die Veranden hinauf, rissen Türen auf. Von der Straße her hupte es, ein Postbote trug einen Sack, sagte »Briefe« und schüttete diese auf den Boden des Eßzimmers. Die Mulattin saß immer noch am Tisch. Unbeweglich. Die Köchin begann am zweiten Huhn zu nagen. Der Postbote brachte drei weitere Säcke, schüttete sie aus. Vater und Sohn hatten die ersten Zimmer durchsucht, stiegen die Veranden hinauf, von oben auf der Kuppe war ein Planschen zu vernehmen, ein gewaltiges Quietschen, Schnaufen und Umsichschlagen. Im Schwimmbassin wälzte sich etwas, planschte und hopste im Wasser, und weil der Regen wie ein Schleier war, konnte man nicht erkennen, was es war. Gegen die Mauer des letzten Appartements gelehnt, saßen die beiden Schwarzen, die der Schotte angestellt hatte, wiesen auf das Schwimmbassin, flüsterten »the great old man, the great old man«. Hinter der Mauer hörte der Schotte ein Klimpern. Am Tisch saß ein Albino im weißen Smoking an einer Schreibmaschine und sagte, man solle die Post holen, sie sei angekommen. Der Schotte, wie gelähmt und ohne etwas zu begreifen, befahl mechanisch seinem Sohn nachzuschauen. Dieser fand den Briefhaufen neben seiner immer noch erstarrten Mutter und der am Huhn nagenden Köchin, die nichts bemerkt hatte, weil ihr alles gleichgültig war, holte einen Korb, füllte ihn mit Briefen und brachte, soviel er faßte, keuchend hinauf. Der Albino hieß ihn die Briefe ins Bassin werfen und die übrigen holen. Das im Bassin planschte weiter, ohne sich um die Briefe zu kümmern, die herumschwammen. Der Sohn kippte einen Korb um den andern voller Briefe ins Schwimmbad, ohne hinzuschauen. Der Schotte stand da. Was er noch wolle, fragte der Albino, als der Sohn den letzten Korb Papiere gebracht hatte, und Vater und Sohn stiegen die Veranden hinab. »O my God«, stöhnte der Hotelier. Drei Tage lang kam der Postbote. Drei Tage lang wurde Korb um Korb Briefe ins Schwimmbassin gekippt. Er lag im Bademantel auf dem Bett und hörte dem Schreibmaschinengeklapper Gabriels, dem Rauschen des Regens und dem Schleifen der Palmblätter zu. Er hatte noch keinen Blick nach draußen geworfen. Was da schliff, begriff er nicht, was da rauschte, interessierte ihn nicht, was Gabriel schrieb, kümmerte ihn nicht. Ursprünglich hatte er ihm die Antwort auf die Briefe diktiert. Es waren auch nicht Briefe gewesen, sondern Steintafeln, und Gabriel hatte die Antwort, die ihm diktiert wurde, hineingemeißelt, dann brachte man Tontafeln, in welche die Antwort geritzt werden konnte, das ging schon schneller, die Hieroglyphen malte Gabriel auf Papyrus, Hebräisch schrieb er so schnell wie das Diktat, aber es kamen immer mehr Briefe. Aber da es alles Bettelbriefe waren, beantwortete er schon zu Beginn nur wenige, je nach Laune und immer abschlägig, doch oft mit so phantasievollen Ausreden, daß geglaubt wurde, er habe Hilfe zugesagt, endlich, des Diktierens müde, gab er Gabriel die Vollmacht, persönlich zu antworten, darauf, da Gabriel die Briefe zuerst lesen mußte, um sie zu beantworten, riet er ihm, die Briefe, die er beantworte, nicht zu lesen, später, als er längst vergessen hatte, daß Gabriel ungelesene Briefe beantworten sollte, hatte auch Gabriel vergessen, was seine Aufgabe war, und schrieb sinnlos die Tastatur der Schreibmaschine hinunter und hinauf. Mit einem Finger. Zuerst hatte er noch das Blatt gewechselt und in ein Couvert gesteckt, mit einer Adresse versehen, die ihm gerade einfiel, dann war er bei dem stets gleichen Blatt geblieben, darauf schrieb er ohne Blatt, endlich auch ohne Band, schließlich klimperte er nur noch, es genügte dem Großen Alten, daß er klimperte. Es kam ohnehin immer mehr Post, wenn auch nur der geringste Teil der Post, weil die Post nicht mehr wußte, wo er sich aufhielt, so daß die Briefe, die an ihn gerichtet wurden, jahrelang unterwegs waren. So war es reiner Zufall, daß ein Brief der Witwe Hungerbühler zu ihm gelangte. Nicht, daß er ihn gelesen hätte, er hätte ihn auch gar nicht verstanden, hatte er doch längst alles vergessen, das Kurhaus, das er gekauft hatte, Moses Melker, dessen Theologie ihn belustigt hatte, wußte er doch nicht einmal, wo er war, in welchem Sonnensystem, in welcher Galaxis, in welchem Weltall, aber vor sich hindämmernd, verlangte ihn plötzlich nach einer Zigarre, und schon hatte er eine Havanna zwischen den Lippen, falls es eine Havanna war und sich dieses Kingston auf der Erde befand und nicht in einem anderen Weltall, zusammengesetzt aus Antimaterie oder aus noch etwas anderem. Gabriel stand auf und griff aus dem Korb, den der Sohn des Hoteliers heraufgebracht hatte, um den Inhalt ins Schwimmbassin zu kippen, einen Brief, einer der täglichen, zufällig eben den, welchen die Witwe Hungerbühler geschrieben hatte.

Gabriel hielt ihn gegen die Sonne, und schon stand der Brief, obwohl regendurchnäßt, in Brand. Er zündete damit die Zigarre seines Herrn an, der einen Zug machte und die Zigarre vor sich auf die Strohmatte schmiß, wo sie ein Loch brannte, das einzige, was die Polizei, herbeigerufen, weil die Besucher, ohne zu bezahlen, plötzlich verschwunden waren, zu konstatieren vermochte, ein Loch, das immer noch mottete, trotz der Nässe aufloderte, so plötzlich, daß die Polizei, der Hotelier, sein Sohn, die Mulattin und die Indianerin sich gerade noch auf die Straße hinunter zu retten vermochten, bevor das Hotel niederbrannte.

Die Gelegenheit, die Villen aufzuknacken, deren Besitzer sich im ›Haus der Armut‹ von den Strapazen des Reichtums erholten, wäre in diesem Sommer für das Syndikat sensationell gewesen, wenn sich nicht die andern Syndikate zusammengeschlossen hätten. Eine Arbeitsteilung mit dem neuen Syndikat wäre nicht nur möglich, sondern auch vorteilhaft gewesen, wenn die Lage übersichtlich gewesen wäre. Niemand wußte, wer das neue Syndikat gegründet hatte. Die alten Bosse schwiegen. Vielleicht wußten sie es selber nicht. Zudem tauchte das Gerücht auf, der Große Alte habe entweder dem unbekannten Gründer des neuen Syndikats sein Syndikat unter der Bedingung verkauft, daß seines von jenem liquidiert werde, weil er sich von den Geschäften zurückziehen und seine Ruhe haben wolle, oder der Große Alte habe dem unbekannten Gründer des neuen Syndikats dessen Syndikat unter der Bedingung abgekauft, es liquidieren zu dürfen, um die Szene allein zu beherrschen, wobei freilich Kenner behaupteten, der unbekannte Gründer des neuen Syndikats sei Jeremiah Belial. Weil aber niemand wußte, wie Jeremiah Belial zum Großen Alten stand, ob er mit ihm identisch, sein Unterführer, seine Konkurrenz oder gar sein Chef war, blieben nichts als Spekulationen übrig, die jedoch die Ungewißheit unter den Mitgliedern beider Syndikate derart schürten, daß ein offener Krieg ausbrach. Niemand wußte, wer wen aufgekauft und wer wen zu liquidieren hatte. In Manhattan, in Chicago, in San Francisco und in Los Angeles, aber auch in Mexico City, Rio, São Paulo und Hongkong usw., häuften sich die Opfer. Bald in diesem, bald in jenem Coiffeurladen sank man aus den Sesseln. Verdutzt standen die Barbiere mit Pinsel und Rasiermesser vor halbrasierten Leichen. Bald in diesem, bald in jenem Luxusbordell fanden der Etagenkellner oder das Zimmermädchen, brachten sie das Frühstück, Kaffee oder Tee, warme Croissants oder Toast, Schinken mit Spiegeleiern oder Ei im Glas, frischen Orangensaft und Birchermüsli, das gemischte, aber manchmal auch männliche oder weibliche Pärchen chirurgisch tadellos zerlegt vor, die Mäuler, um die anderen Kunden des Etablissements nicht zu inkommodieren, mit Leukoplast verklebt, und in einem Penthouse über dem Hudson wurde die Leiche eines verkohlten mickrigen Mannes in einem Kamin gefunden, einen Joint zwischen den Lippen.

Michael schloß die Klinik in Ascona und richtete für den Winter im Kurhaus ein Notspital ein mit der Waschküche als Operationssaal. Sie nannten ihn Doc. Ungutes lag in der Luft, alle mißtrauten einander. Ende Oktober trafen Marihuana-Joe und Big-Jimmy ein. Ihre Luxusappartements waren besetzt, war doch schon das ganze Syndikat versammelt. Sie wurden feindlich empfangen, alle fürchteten sie. Die beiden mußten mit einem Doppelzimmer vorliebnehmen. In Sing-Sing hätte er eine Einzelzelle zur Verfügung gehabt, meinte Big-Jimmy. Aber die beiden lagen nur eine Nacht beieinander, schon am nächsten Tag lag Marihuana-Joe in der Waschküche. Für einige Wochen. Er fügte sich widerwillig. Mehrere Operationen seien nötig, ihn neu zu gestalten, sein Originalgesicht sei für das Syndikat ein zu großes Risiko, hatte ihm Doc erklärt. Die andern waren froh, vor ihm in Sicherheit zu sein, die Leiche im Penthouse über dem Hudson ging auf sein Konto, sie hatten immer geglaubt, der Verkohlte gehöre zum Syndikat des Großen Alten. Auf wessen Befehl hatte Marihuana-Joe gehandelt? Sie kannten die Gerüchte, die umgingen. Mißmutig spielten sie bei verhängten Fenstern Karten, rauchten, pokerten, sahen Pornofilme, von Kücksen hatte aus dem Vorfall mit Wanzenried seine Lehre gezogen und die Klassiker entfernt. Er selber hauste im Westturm inmitten seiner echten und unechten Fälschungen. Bald war Oskar bei ihm, bald Edgar. Er war von Raphael, Raphael und Raphael hinbefohlen worden. Er solle aufpassen, das Syndikat traue Wanzenried nicht mehr. Doch war die Langeweile auch ohne Klassiker nicht zu vermeiden. Alle versanken wieder in einer See des Gähnens. Dazu stellte sich der Winter nicht ein. Statt Schnee Föhnstürme, unerträgliche Wärme, unsägliche Trockenheit. Der Wald schien zu verdorren. Keiner wagte sich zu rühren. Hinter dem Kurhaus rezitierte Fronten die stets gleichen Gedichte: ›Harzreise im Winter‹, ›Prometheus‹, ›Grenzen der Menschheit‹, die ›Elegie‹ und immer wieder die ›Urworte‹: »So sind wir scheinfrei denn, nach manchen Jahren, nur enger dran, als wir am Anfang waren.« Der Vollmond stieg auf, wanderte langsam über den Himmel, wurde im Dorf sichtbar. Big-Jimmy schlich sich aus dem Hotel in den Wald, vorbei am rezitierenden Schulmeister die Schlucht hinunter: »Daß du nicht enden kannst, das macht dich groß, und daß du nie beginnst, das ist dein Los, dein Lied ist drehend wie das Sterngewölbe, Anfang und Ende immerfort dasselbe, und was die Mitte bringt, ist offenbar das, was zu Ende bleibt und anfangs war.« Elsi schaute nach dem Kurhaus hinüber. Es lag noch im Schatten, sie ließ das Fenster offen, trank warmen Föhn, der durch das Fenster drang, sah den Mond heranschwimmen, rund und mächtig, und Big-Jimmys Kopf verdunkelte den Mond. Elsi wollte schreien. Aber der Mond drehte sich um die Erde, und die Erde drehte sich um die Sonne, und auf der Erde war Vollmond, und auf dem Mond Neuerde. Alles geschah notwendig. Die Sonne spiegelte sich im Mond, und der Mond spiegelte sich in der Erde, und Big-Jimmy stieg ins Zimmer, und Elsi schrie nicht.

Ob es notwendig war, daß anläßlich der Beerdigung eines viel jüngeren Altbundesrates zufällig ein Ständerat einen uralten Altbundesrat – eigentlich bloß, um ein Gespräch anzuknüpfen – fragte, wann eigentlich sich das Ehrenkomitee wieder einmal versammle, dem der Altbundesrat und er angehörten sowie andere, die er vergessen habe, ist eine andere Frage. Der Altbundesrat wußte keine Antwort, weil er überhaupt nichts wußte. Er kramte nach der Beerdigung in seinen Papieren. Er fand in einer Schublade die Zusammensetzung des Vorstandes einer Swiss Society for Morality. Er stellte zu seiner Verwunderung fest, daß er dessen Präsident war. Es war das letzte Ehrenamt, das er offenbar noch innehielt. Beunruhigt berief er den Vorstand ein. Dieser war ratlos, besonders als ein Ständerat nach endlosem Wälzen englischer Statuten, die er zufällig aufbewahrt hatte, herausfand, daß die Anwesenden kein Ehrenkomitee, sondern den Vorstand einer Swiss Society for Morality darstellten, ein Ableger einer Boston Society for Morality. Nun waren die Mitglieder des Ehrenkomitees, das eigentlich ein Vorstand war, Mitglieder so vieler Aufsichtsräte, daß sich kein Mitglied des Vorstands erinnerte, den Namen Boston Society for Morality je gehört zu haben, am besten sei es wohl, gesamthaft als Vorstand zurückzutreten, aber sich vorher zu informieren, was die von der Boston Society for Morality gegründete Swiss Society for Morality eigentlich sei. Der Vorstand bat den Altbundesrat, die notwendigen Schritte zu unternehmen, dieser bat den Ständerat, ihm die Statuten zu überlassen, und löste die Sitzung auf. Der Altbundesrat kam aus einfachen Verhältnissen. Er war lange Sekundarlehrer im Bernischen gewesen, war eigentlich unfreiwillig in die Politik geraten und gleichsam mechanisch, wie ein Stein in einer Lawine, wie er sich ausdrückte, auf den Bundesratssessel hinuntergewälzt worden. Als Sekundarlehrer sei er mehr gewesen. Nicht nur ein Bundesrat. Als solcher litt er besonders unter der Undurchsichtigkeit der Wirtschaft und ihrer Interessen. Er komme sich vor wie einer, der in absoluter Dunkelheit in einem Stellwerk die Weichen für Abertausende von Schnell-, Orts-, Extra- und Güterzügen zu stellen habe, so daß es kein Wunder sei, daß diese und jene Züge aufeinanderkrachten. Daß ihm jetzt im hohen Alter noch das Malheur mit der ominösen Society for Morality passieren mußte, von der man nicht wußte, war sie Swiss oder Boston, war ihm genierlich. Er bat einen Juristen aus seinem alten Departement ihm zu helfen. Nachdem dieser die Statuten gelesen hatte, klang sein Urteil nicht ermutigend. Die Statuten waren derart raffiniert abgefaßt, daß der Vorstand, in der Meinung, er unterschreibe nur die Erklärung, er sei ein Ehrenkomitee, die Vereinigung Swiss Society for Morality selber gegründet und sich zum Vorstand erklärt hatte. So eine Dummheit hätte eigentlich niemandem unterlaufen dürfen. Ihm sei sie unterlaufen, seufzte der Altbundesrat. Außerdem habe der Vorstand eine Woche später ein Kurhaus gekauft, fügte der Jurist bei, durch einen Rechtsanwalt Habegger aus der Kantonshauptstadt. Wozu die Society for Morality ein Kurhaus brauche, wunderte sich der Altbundesrat. Die Organisation ›Freude durch Armut‹ brauche es im Sommer, erläuterte der Jurist. Der Altbundesrat lachte, ein kurliger Name für einen Kuraufenthalt für Mittellose. Für Millionäre, verbesserte ihn der Jurist, und im Winter habe es ein Reichsgraf von Kücksen gemietet, ein Liechtensteiner, der seine Millionen damit verdiene, daß er gefälschte Bilder verkaufe. Der sitze wohl im Gefängnis, meinte der Altbundesrat. Er verkaufe Bilder, die er für gefälscht erkläre, die aber die Kundschaft für echt halte, führte der Jurist aus. Dafür werde ›Freude durch Armut‹ pleite gegangen sein, meinte der Altbundesrat, welcher Millionär gehe schon in ein Kurhaus, um arm zu leben und noch Freude dran zu haben. Nur die Allerreichsten, klärte ihn der Jurist auf, das Kurhaus floriere wie noch nie. Der Vereinigung müsse ein toller Gewinn zugeflossen sein. Davon wisse er nichts, sagte der Altbundesrat. Nach dem Gespräch konnte er die ganze Nacht nicht schlafen. Er war fünfundneunzig und seit über zwanzig Jahren Witwer. Er weigerte sich, in ein Altersheim zu gehen. Eine siebzigjährige Italienerin machte ihm die Haushaltung und schimpfte jeden Tag mit ihm, je nachdem, er esse zu viel, zu wenig, zu unregelmäßig, wenn er so ungesund lebe, werde er nicht alt usw. Während sie schimpfte, legte er seinen Hörapparat weg und sah ihr ruhig zu, bis sie ausgeschimpft hatte. Aber diesen Morgen fuhr er sie zum ersten Male an, sie solle das Maul halten, weinend servierte sie das Frühstück. Er ließ es stehen, schlurfte zum Schreibtisch und schrieb an den Regierungspräsidenten des Kantons. Die Antwort war günstig, nicht nur moralisch, auch finanziell dürfe sich der Kanton glücklich schätzen, der Swiss Society for Morality eine Heimstätte bieten zu können, auf dem Konto der Vereinigung lägen anderthalb Millionen, alles sei in Ordnung, sogar das Gestürm mit dem Gemeindepräsidenten im Durcheinandertal sei beigelegt. Das hätte der Regierungspräsident nicht schreiben sollen. Die Swiss Society for Morality hatte den Altbundesrat mißtrauisch gemacht. Ein zweites Mal sollte sie ihn nicht hineinlegen. Etwas stimmte nicht. Was war das für ein Gestürm gewesen? Der Altbundesrat ließ den Gemeindepräsidenten aus dem Durcheinandertal kommen und bezahlte ihm die Reise.

Der Altbundesrat, ein kleiner zarter Mann mit einer rosigen Haut wie ein Mädchen, saß in seinem Lehnstuhl und nahm sein abendliches Fußbad, heißes Wasser mit Essig, in einer Lücke im Büchergestell saß ein großer schwarzer Kater, und vor dem Altbundesrat saß der Gemeindepräsident mit seinem riesigen Schnauz. Ob er tubaken dürfe, fragte der Gemeindepräsident. Ob er eine Havanna wolle, fragte der Altbundesrat, er habe einmal eine Schachtel Zigarren vom kubanischen Gesandten erhalten. Er rauche lieber seine Pfeife, sagte der Gemeindepräsident, zog seine Pfeife heraus und zündete sie an. Darauf forderte ihn der Altbundesrat auf, erst einmal zu erzählen. Der Gemeindepräsident erzählte, und als er erzählt hatte, sagte der Altbundesrat, er glaube ihm. Da sei er der einzige, meinte der Gemeindepräsident.

»Kunststück«, sagte der Altbundesrat, »Ihr liebt eben Euren Hund mehr als Eure Tochter Elsi.«

»Herr Altbundesrat«, erklärte der Gemeindepräsident, »mit meinem Hund Mani konnte ich reden, mit Elsi und auch mit Mädi, meiner verstorbenen Frau, nicht. Weiber hören einem nicht zu. Aber Mani hat mir immer zugehört.«

Was er denn mit Mani besprochen habe, wollte der Altbundesrat wissen, während die Italienerin heißes Wasser in das Becken nachgoß.

»He nu«, sagte der Gemeindepräsident, »sinniert haben wir eben miteinander, warum der liebe Gott so ungerecht ist, ob er überhaupt ein lieber Gott ist, warum andere Bergdörfer von ihm bevorzugt werden, so daß die Fremden kommen, während wir immer auf das Kurhaus stieren müssen jenseits der Schlucht am Sonnenhang mit den Millionären, und warum niemand zu uns kommt, bloß hin und wieder einige Wanderer mit Rucksäcken, aber die schlafen in ihren Zelten und bringen ihren Proviant selber mit, und wenn sie einmal in einer Pinte erscheinen, meinen sie, ein lausigeres Nest als das Dorf hätten sie noch nie gesehen, und warum, haben ich und Mani uns gefragt, zu uns ins Dorf nicht Lawinen oder Erdrutsche kommen, um alles zu verschütten wie bei anderen Bergdörfern, dann würde die ganze Schweiz helfen und im Radio die Glückskette Geld sammeln, und das Fernsehen käme, das Dorf würde berühmt und neu aufgebaut und käme zu Geld, da muß doch mit dem lieben Gott etwas nicht stimmen, daß alles so ungerecht zugeht mit den Menschen und der Natur, der Hund ist meiner Meinung gewesen in unseren Zwiegesprächen, natürlich hat er nur mit seinen Augen geredet, und wenn ich von einem zum andern gelaufen bin, von einem Kantonsrat zu einem Ständerat und von dem zu einem Nationalrat, und spät nach

Hause gekommen bin, da ist Mani aus seiner Hundehütte gekommen und hat sich vor die Haustüre gesetzt. Was willst du denn? habe ich den Hund gefragt. Der hat mich angeschaut und mir die rechte Pfote hingehalten. Ich habe sie geschüttelt und gesagt, ach so, du willst mich begrüßen. Da hat der Hund gesagt, ich soll den Unsinn mit dem Vom-einen-zum-andern-Laufen lassen, er, Mani, werde alles in Ordnung bringen.

»Gesagt?« fragte der Altbundesrat.

»Mit den Augen«, erklärte der Gemeindepräsident. »Ich hab einfach gewußt, was der Hund meinte. Kann der Herr Altbundesrat so ein Gespräch mit Weibern führen? Daß ich mit dem Hund rede, habe ich dem Regierungspräsident nur nicht erzählt, weil er mich dann für verrückt gehalten hätte.« Ob der Herr Altbundesrat auch mit seiner Katze rede?

»Es ist keine Katze, sondern ein Kater«, antwortete der Altbundesrat, »und er redet nicht, sondern schweigt mit mir, was auf das gleiche herauskommt, wir nehmen sozusagen die Eseleien durch, die ich als Bundesrat begangen habe und akzeptieren und decken mußte in unserem Kollegialsystem. Sieben Bundesräte, die immer gegen außen einig sein müssen! Und wenn erst einmal eine Frau Bundesrätin würde, dann wagt niemand mehr zu widersprechen, und kämen zwei Weiber in den Bundesrat, dann werden die zwei sich nie einig, und das Kollegialsystem geht in Scherben. Dann besser gleich sieben Weiber. Dümmer als die Männer sind sie ja nicht. Da bin ich froh, daß mich der Kater versteht, wenn der Maudi auch denkt, ich, der Altbundesrat, sei halt ein Mensch und der mache an sich Dummheiten. Aber wo ist jetzt Euer Hund?«

»Erschossen, von der Kanone eines Panzers.«

Der Altbundesrat stutzte. »Und Ihr lauft immer noch von einem Rechtsanwalt zum andern? Wozu?« Er schüttelte den Kopf. Das müsse er schon etwas genauer wissen. Wie denn ein Panzerwagen in ihr Dorf komme? Ein ganzes Regiment habe das Dorf besetzt, um Mani zu erschießen, erklärte der Gemeindepräsident und erzählte die Geschichte.

Der Altbundesrat schüttelte den Kopf. »Der Armee traue ich jede Dummheit zu, aber nicht Mani. Der klettert doch nicht auf einen Felszinken des Spitzen Bonders, damit er gesehen und abgeschossen werden kann.«

Der Hund sei eben neugierig gewesen, meinte der Gemeindepräsident.

»Ach was«, lachte der Altbundesrat.

»He nun«, sagte der Gemeindepräsident, »es ist nicht Mani gewesen, den die Armee heruntergeschossen hat, sondern, Herr Altbundesrat verstehen es schon, ich habe an einem neuen Mani zu schnitzen begonnen, der alte Mani ist arg mißlungen, da habe ich am Vortag, bevor das Regiment angerückt ist, mit dem Schulmeister – es ist eine heillose Arbeit gewesen, den Holzblock auf dem Spitzen Bonder zu plazieren, na ja, es war eigentlich mehr eine Attrappe.«

»Das kann ich mir denken«, sagte der Altbundesrat, »wo ist nun Euer Hund?«

»In einer Höhle im Wald«, antwortete der Gemeindepräsident. »Zweimal in der Woche bringe ich ihm Futter, und Elsi bringt ihm Futter, und manchmal wildert Mani eben.«

»Ein kluges Tier«, stellte der Altbundesrat fest, und klüger als sein Herr. Gerade im Griff habe er seine Tochter nicht.

Der Gemeindepräsident schaute zu, wie die Italienerin das Fußbad hinaustrug und der Altbundesrat seine Füße mit einem Handtuch abzutrocknen begann.

»Elsi hat es gar nicht ungern gehabt, das habe ich gleich gespürt«, sagte er. »Elsi ist mannstoll wie ihre Mutter, bei der habe ich donnerswie aufpassen müssen, und einmal ist jemand in Elsis Kammer gestiegen, wer, ist mir gleich, ich denke, es ist Noldi von der Sägerei, nur wenn der heiraten will, bin ich dagegen, kommt einmal ein Kind, muß es ein Pretánder sein, ich bin der letzte Pretánder, und wenn es nicht ein Bub ist, erlebt der liebe Gott sein blaues Wunder, ich werde dann Atheist.«

Der Altbundesrat lachte, so weit sei es mit Elsi wohl noch nicht, aber mit seiner Einstellung habe er sich jede Chance für einen Prozeß verkachelt, es sei sinnlos gewesen, darauf von Pontius zu Pilatus zu rennen, da habe der Hund recht gehabt, aber ihn nehme schon wunder, warum ein leeres Kurhaus so viel Milch gebraucht habe und ob es denn nicht möglich sei, daß der Nachtwächter, der doch eine ganz dubiose Figur sei, von einem anderen Hund als von Mani gebissen worden sei.

»Das muß ja so sein«, sagte der Gemeindepräsident, »das habe ich immer gedacht, besonders weil ja der Reichsgraf einen berühmten Dobermannzwinger besitzt im Liechtensteinischen.«

»Verflixt«, sagte der Altbundesrat, »habt Ihr das dem Regierungspräsidenten erzählt, Gemeindepräsident?«

»Es ist mir erst jetzt eingefallen«, meinte der Gemeindepräsident.

Der Altbundesrat schüttelte den Kopf und fragte, ob das Kurhaus diesen Winter leerstehe, und zog sich die Socken an.

»So wenig wie letzten Winter«, sagte der Gemeindepräsident. »Jemand ist drin, und nicht nur einer, durch die Ritzen in den Fensterläden scheint überall Licht, und manchmal hört man reden.«

»So, Gemeindepräsident, jetzt trinken wir zusammen einen Roten«, sagte der Altbundesrat, »und dabei erzählt Ihr mir noch einmal haargenau, was alles passiert ist. Aber nichts vergessen wie das erste Mal.«

Der Altbundesrat klopfte auf sein rechtes Knie, und der schwarze Kater sprang auf seinen Schoß. Die Italienerin brachte Roten. Der Gemeindepräsident erzählte alles noch einmal, der Altbundesrat hörte zu, und sie tranken zusammen eine Flasche. Dann sagte der Altbundesrat, der Gemeindepräsident könne nun gehen, er habe ihm im ›Hirschen‹ ein Zimmer bestellt, es tue ihm leid, daß er ihm nicht helfen könne, er sei nur ein Mensch und bald hundert.

»Macht nichts«, sagte der Gemeindepräsident. »Adieu dann. Es hat wohl getan, mit jemandem über meinen Hund reden zu können.«

Wieder allein, schlurfte der Altbundesrat zu seinem Schreibtisch und schrieb dem Gesamtregierungsrat des Kantons, ihr Regierungsratspräsident habe den Fall Pretánder derart voreingenommen untersucht, respektive nicht untersucht, daß er sich nicht genug wundern könne. Es sei nicht geklärt worden, welcher Hund gebissen habe. Der Schadenersatzkläger respektive Nicht-mehr-Schadenersatzkläger besitze einen Zwinger bissiger Hunde, und es sei auszuschließen, daß der gebissene Nachtwächter allein die Milchmenge habe bewältigen können, die ihm geliefert worden sei. Unter diesen Umständen das Kurhaus nicht besichtigt zu haben sei Schlamperei. Jetzt sei wieder Winter, er rate dem Regierungspräsidenten, das Kurhaus zu besichtigen und sich zu vergewissern, ob es leerstehe. Die anderen Regierungsräte seien als Zeugen mitzunehmen, denn der Regierungspräsident sei doppelt voreingenommen, der sei Oberst und sei mit seinem Regiment ins Durcheinandertal gerückt, um einen Hund abzuschießen, die größte militärische Kalberei, die je verübt worden sei, der Regierungspräsident gehöre vor ein Militärgericht. Im übrigen löse er als Präsident im Namen des Vorstands die Swiss Society for Morality auf und überweise die Akten der Staatsanwaltschaft des betreffenden Kantons. Darauf setzte er sich wieder in seinen Lehnstuhl, der Kater sprang auf seinen Schoß und der Altbundesrat schlief ein.

Die Regierungsräte und der Untersuchungsrichter fuhren ins Durcheinandertal, die meisten zum ersten Mal. Von Kücksen hatte vom Staatsschreiber vom Besuch heimlich erfahren und sich nach Liechtenstein verdrückt, während die Delegation glaubte, er wisse von nichts. Sie wollte das Kurhaus überraschen. Zwar vermochte Wanzenried die mehr oder weniger schwer Blessierten auf dem Boden der Dependance unterzubringen. Sie standen Leib an Leib gepreßt. Aber der Operationssaal ließ sich nicht in eine Waschküche zurückfunktionieren, wo noch Marihuana-Joe lag, hatte doch seine Visagenverwandlung eine erneute Vollnarkose nötig gemacht, so daß es Wanzenried unbehaglich zumute war, als der Gesamtregierungsrat das Kurhaus durchwanderte. Wanzenried, immer noch leicht gehbehindert, schloß umständlich die Räume auf, den Salon, den Speisesaal, die Einzel- und Doppelzimmer, die Luxusappartements, alle leer. Nur den Schlüssel zum Boden der Dependance fand er nicht. Er suchte und suchte, doch der Regierungspräsident meinte, auf den Unsinn, auch noch den Boden des Nebengebäudes zu besichtigen, dürfe man verzichten, worauf Wanzenried sagte, jetzt habe er den Schlüssel gefunden, aber die Regierungsräte gingen schon die Treppe hinunter. Schon atmete Wanzenried auf, als der Untersuchungsrichter unvermutet noch die Wäscherei zu besichtigen wünschte. Marihuana-Joe wäre samt

Operationssaal entdeckt worden, wenn nicht Wanzenried dem Untersuchungsrichter so geschickt ein Bein gestellt hätte, daß dieser die Kellertreppe hinunterfiel und ein Bein brach, worauf die Inspektion der Wäscherei unterblieb. Ein Arzt und ein Krankenwagen mußten herbeordert werden, so daß keine Zeit blieb, auch noch das Dorf zu befragen.

Am Abend des letzten Adventssonntags vollendete Moses Melker sein über fünfhundertseitiges Manuskript ›Preis der Gnade‹. Er trat auf die Terrasse. Es war schon Nacht. Der Mond ging hinter der Eiche unter. Der Schnee war immer noch nicht gekommen, dafür der Nebel von der Grien. Vom Dorf war nur der Kirchturm sichtbar, weiß im Licht des halben Monds, und der Nebel, aus dem der Kirchturm ragte, war wie der Nil. Er stieg ins Schlafzimmer. Cäcilie Melker-Räuchlin lag im Ehebett, las einen Roman, rauchte eine Zigarre und aß Pralinen, kugelförmige Truffes, die sie einer Tüte entnahm, schwarze, braune, weiße, glatte und stachlige. Zwei weitere solcher Tüten lagen auf dem Nachttisch. Moses Melker setzte sich zu ihr ans Bett und stopfte ihr eine Truffe in den Mund, bei der zweiten legte sie die Zigarre in den Aschenbecher und den Roman auf die Bettdecke, öffnete den

Mund gieriger, er stopfte eine weitere Truffe hinein. Sie sah ihn an. Der Blick war hart und voll Spott, grausam und erbarmungslos, und er wußte, daß sie wußte, was er vorhatte. Sie wehrte sich nicht. Er brauchte keine Gewalt anzuwenden. Er stopfte Truffes in sie hinein, er stopfte und stopfte, und erst als er auch die Truffes der dritten Tüte in sie hineingestopft hatte, merkte er, daß sie tot war. Moses Melker ging in sein Arbeitszimmer hinunter, widmete das Manuskript Cäcilie und setzte das Datum darunter.

Vielleicht hätten die beiden über ihre Schwierigkeiten reden sollen, gesetzt, es waren der Große Alte und Jeremiah Belial, die sich weit südlich des König-Haakon-Plateaus in der Antarktis trafen. Dieses Treffen fand öfters statt, aber die zeitlichen Abstände zwischen den Treffen waren wiederum so groß, daß sie selten stattfanden. Sie fanden immer am gleichen Ort statt. Aber das letzte Mal war die Landschaft tropisch und sehr fruchtbar gewesen, die Erdachse lag anders. Nun waren ihre Helikopter auf einer Eisfläche gelandet, über die der Wind pfiff. Die Helikopter landeten gleichzeitig, aber vielleicht war es nur ein Helikopter, der landete, denn alles spiegelte sich im Eis und in der gläsernen Luft, und wenn es Jeremiah Belial war, der den

Großen Alten begrüßte – wenn es der Große Alte war –, so sah jener nicht so aus, wie er vorher ausgesehen hatte, sondern so, daß ihn Gabriel für den Großen Alten, dann für das Ebenbild des Großen Alten hielt. Nicht nur, weil beide im Smoking waren. Alle waren im Smoking. Doch etwas stimmte an diesem Ebenbild nicht, bis Gabriel dahinter kam: Jeremiah Belial war nicht das Ebenbild des Großen Alten, sondern dessen Spiegelbild. Alle waren sie Spiegelbilder. Das Spiegelbild des Großen Alten war Jeremiah Belial, und das Spiegelbild Jeremiah Belials war der Große Alte. Das Spiegelbild Gabriels war Belials Sekretär Sammael, auch ein Albino, und umgekehrt, das Spiegelbild Uriels Azetôt, der Uhren herstellte, nur daß sie rückwärts gingen, für den die Uhren Uriels rückwärts gingen, das Spiegelbild des Chirurgen Michael Asmodäus und umgekehrt, und der Rechtsanwalt Raphael, der sich zu einer Person zusammengezogen hatte, saß seinem Spiegelbild Beelzebub gegenüber, der seinerseits Raphael gegenübersaß: gesetzt, jemand saß jemandem gegenüber und die Welt war nicht durch einen Spiegel entzweigeschnitten, so daß Belial, Sammael, Azetôt, Asmodäus und Beelzebub nur Spiegelungen waren. Es war Wintersonnenwende, der 21. Dezember, der Tag würde noch bis zum 20. März dauern. Ein Postflugzeug donnerte über die Versammelten, die in bequemen Gartenstühlen saßen, warf Wolken von Briefen ab, auch hier war der Große Alte vor Bittschriften nicht sicher. Doch fegte der Wind die Unmasse fort, verstaute sie hinter unsichtbaren Massiven. Von der Küste her, tausendfünfhundert Kilometer entfernt, kam eine langgezogene Armee von Pinguinen angewandert wie ein frommer Pilgerzug und umstellte die Beratung. Neben dem Großen Alten stand ein Tischchen, auf dem eine Kaffeemühle, eine Kaffeemaschine und fünf Kaffeetäßchen waren, neben Jeremiah Belial desgleichen. Der Große Alte nahm die Kaffeemühle, Jeremiah Belial nahm die Kaffeemühle, die andern schliefen ein, auch die Pinguine, der Große Alte begann zu drehen, Belial begann zu drehen, der Große Alte drehte die Kaffeemühle im Uhrzeigersinn und Belial drehte dem Uhrzeigersinn entgegen, und wie beide drehten, begann die Sonne um die Versammelten und um die Pinguine zu kreisen, und wie die beiden immer schneller drehten, kreiste die Sonne immer schneller, bildete endlich einen einzigen blendenden Lichtring um sie, der immer näher zum Horizont hinfiel, endlich von ihm entzweigeschnitten wurde und versank, und wie er versank, drehte sich über ihnen eine strahlende Haube mit einem immer wieder aufsteigenden und sinkenden goldenen Ring, dessen Intensität wechselte, die sausenden Sterne und der Mond, indem der große Alte die Kaffeemühle drehte, drehte er nicht nur die Erde um sich, auch die Erde um die Sonne und damit das Planetensystem um die Sonne und die Sonne um die Milchstraße und die Milchstraße und den Andromedanebel um den galaktischen Haufen, zu dem sie gehörten, der sich selber drehte, wie sich die Milchstraße und der Andromedanebel auch selber drehten, die ganze Welt wurde angekurbelt durch das Drehen der Kaffeemühle, und da sich die Galaxien um so schneller drehen mußten, je weiter sie entfernt waren, drehten sie sich mit unwahrscheinlicher Geschwindigkeit, die unermeßlich größer war als die Lichtgeschwindigkeit, so daß alle Gesetze der Physik aufgehoben wurden. Doch nicht nur diese Welt dreht sich um sich selber als pfeilschnell rotierendes Raum-Zeit-Kontinuum, weil der Große Alte seine Kaffeemühle drehte, auch Jeremiah Belial drehte seine Kaffeemühle, und wie sich das Universum rasend drehte, drehte sich auch das Antiuniversum rasend, wenn auch im umgekehrten Sinne, was freilich der Große Alte nicht bemerken konnte, weil sein Universum und jenes des Belial sich durchdringen, ohne sich berühren zu können, als lägen sie auf je einer verschiedenen Seite einer Möbiusschlinge, auf der und in der die sich rasend drehenden Kugeln von Galaxien und Antigalaxien sich nie berührend bald auf der Schlinge, bald in der Schlinge schneller als Licht herumrollten, was weder den Großen Alten noch Jeremiah Belial interessierte, denn sie interessierten sich nicht für Physik, und die Kosmologie war ihnen gleichgültig, von der Expansion des Weltalls, von Schwarzen Löchern und vom Big-Bang hatten sie nie etwas gehört, mit solchem Blödsinn gaben sie sich prinzipiell nicht ab, und Elsi, als es um Mitternacht sehnsüchtig aus seinem Fenster schaute, machte sich keine sonderlichen Gedanken, es wurde auf einmal hell und dann dunkel, es dachte nur an Big-Jimmy, und weit südlich vom König-Haakon-Plateau kam die Drehung des Sonnen-Milchstraßen-Galaxien-Raum-Zeit-Kontinuum-Systems allmählich zum Stillstand, mit ihm das Antiuniversum, zuerst wurden die immer langsamer um den Horizont kreisenden Sterne des Südhimmels sichtbar, Rigel im Orion, Sirius, Kanopus, das Kreuz, die beiden Magellan-Wolken, dann drehte sich die Sonne hoch, den Horizont umkreisend, ein halbjähriger Tag brach an, die Sonne schraubte sich hoch, blieb stehen, und die Naturgesetze konnten wieder eingehalten werden, ohne daß der Große Alte und Belial darüber nachdachten. Sie hatten aufgehört zu drehen, und die andern erwachten. Auch die Pinguine. Der Kaffee wurde von Gabriel und Sammael zubereitet und serviert. Alle tranken ihre Täßchen leer. Niemand sprach. Die Helikopter kamen. Die Täßchen, die Kaffeemaschinen, die Kaffeemühlen und die Gartenstühle wurden stehengelassen, nur die halbvollen Kaffeepakete für das nächste Treffen mitgenommen. Kaffee-Oetiker Fr. 10.15. Die Pinguine begannen ihren Rückzug zur Küste, die Teilnehmer der Zusammenkunft flogen mit ihren Helikoptern oder mit ihrem Helikopter davon, Elsi kroch ins Bett, Big-Jimmy war nicht gekommen. Big-Jimmy kam immer nur einmal.

Am Vormittag suchte Big-Jimmy im Kurhaus Marihuana-Joe. Er hatte ihn nach der Gesichtsoperation nicht mehr gesehen. Niemand hatte ihn gesehen, außer Doc, dem er hin und wieder begegnet war und der Big-Jimmy versichert hatte, Marihuana-Joe sei vor kurzem durch die Gänge des Kurhauses geirrt, Marihuana-Joe suche offenbar Big-Jimmy wie Big-Jimmy Marihuana-Joe, worauf Big-Jimmy seine Streifzüge durch das Kurhaus wieder aufnahm und auch die Dependance und die Vorratskammer absuchte und sogar die Waschküche durchforschte, wo Alaska-Pint in Vollnarkose lag. Wieder in der Halle, kam ihm Doc entgegen und rief ihm zu: »Marihuana-Joe, Big-Jimmy sucht dich.« Wer suche wen? fragte Big-Jimmy verblüfft, und auf die Antwort Docs, er habe vor einer halben Stunde Big-Jimmy im obersten Stockwerk getroffen, und der habe ihn gefragt, wo er, Marihuana-Joe, sei, rief er aus, er sei doch Big-Jimmy!

»Teufel«, sagte Doc und starrte Big-Jimmy an. »Ich habe dich verwechselt.«

»Mit wem?«

»Mit Marihuana-Joe.«

»Der sieht doch ganz anders aus als ich«, sagte Big-Jimmy.

»Jetzt nicht mehr«, entgegnete Doc stolz, »da ist mir aber ein Meisterwerk gelungen, ich habe Marihuana-Joe operiert. Jetzt sieht Marihuana-Joe aus wie Big-Jimmy.«

»Jener sieht aus wie ich«, stammelte Big-Jimmy, »warum hast du das getan, Doc?«

Sie seien die besten Killer des Syndikats, war die Antwort, wenn der eine in San Diego jemanden beseitige, und der andere sei in Boston, habe der in San Diego ein handfestes Alibi. So, sagte Big-Jimmy mißtrauisch, aber dann nehme ihn doch wunder, wo Marihuana-Joe stecke, doch antwortete Doc nicht, sondern starrte nach der Eingangstüre der Halle. Alle starrten dorthin: Durch die weit offene Türe war Moses Melker gekommen und dort stehengeblieben, wie immer sorgfältig schwarz gekleidet, ein weißer dicker Buschneger im Konfirmandenanzug, ein Köfferchen in der Hand.

Moses Melker war verwirrt. Er hatte das Kurhaus leer geglaubt und das Hauptportal mit seinem Schlüssel geöffnet. Er hatte böse Tage hinter sich. Der Arzt von Bubendorf hatte kopfschüttelnd den Totenschein ausgefüllt. Daß eine sich mit Pralinen zu Tode stopfte, sei ihm noch nie vorgekommen, hatte er gemeint und gefragt, ob die Tote jemals etwas anderes als Pralinen gegessen habe. Er glaube nicht, hatte Melker wehmütig geantwortet. Cäcilie wurde neben Emilie auf dem Grienwiler Friedhof begraben, die Leiche Ottiliens hatte der Nil nie freigegeben. Cäcilie war die letzte Räuchlin gewesen. Die Villa samt dem Vermögen, das der Arme Moses ihr überschrieben hatte, um arm zu bleiben, war wieder auf den Witwer zurückgefallen wie der Ring des Polykrates auf den Polykrates. Er gehörte nun endgültig als Multimillionär ins ›Haus des Reichtums‹, und so hatte er beschlossen, wenigstens über Weihnachten die entschwundene Armut als Gnade im Kurhaus noch einmal zu genießen. Doch August zu bitten, ihn mit dem Rolls-Royce hinzufahren, hatte ihm nicht passend geschienen. Arm wollte er einkehren. Er hatte bis Bern den Bummelzug genommen, den Schnellzug zweiter Klasse bis Zürich, und sich gegen die selbstauferlegte Bescheidenheit auflehnend, war er nach der Kantonshauptstadt erste Klasse gefahren und hatte dort ein Taxi genommen. Er hatte nur den Wunsch gehabt, allein zu sein, im Verborgenen zu sein, zu vergessen, still Weihnachten zu feiern, an den Großen Alten zu denken. Doch wie er in der Kurhaushalle stand, wohin die Sofas und Fauteuils vom Boden der Dependance wieder heruntergeschafft worden waren, worin sich nun Männer flegelten, von denen etwas Bedrohliches, Tödliches ausging, wagte er kaum zu atmen. Aber nicht nur Moses Melker, alle waren verblüfft. Niemand rührte sich. Am besten war es wohl, den Kerl gleich niederzuschießen, dachten die meisten, aber die Revolver und Maschinenpistolen waren noch auf dem Boden der Dependance versteckt. Endlich erhob sich Baby Hackmann schwerfällig, ging gemächlich auf Melker zu, blieb vor ihm stehen und fragte ihn, beide Hände auf dessen Schulter legend, nahe beim Kragen, so daß er gleich zudrücken konnte, ob jemand wisse, daß er, wer er auch sei, hier sei. Er lehre die Armut, und durch die Gnade des Großen Alten sei ihm dieses Haus den Sommer über zur Verfügung gestellt worden, antwortete Moses Melker stockend, mit dem Großen Alten Gott meinend, während Baby

Hackmann meinte, Melker meine den Großen Alten, den sagenhaften Boß der Bosse. Moses Melker ging ein Licht auf. Das ›Haus der Armut‹ diente der Society for Morality noch zu etwas anderem als zur Tröstung unglücklicher Reicher, er war mißbraucht worden, die Hände nahe seinem Hals konnten zudrücken, gleichzeitig spürte er eine seltsame Vertrautheit zu jenen, die ihn auf einmal umgaben, finster, entschlossen, zu allem fähig. Es sei doch besser zuzudrücken, dachte Baby Hackmann und wollte zudrücken, als vom Lift her von Kücksen erschien. Oskar und Edgar begleiteten ihn. Wanzenried hatte die Ankunft Melkers bemerkt, aber hatte nicht einzugreifen gewagt, dafür von Kücksen im Westturm informiert. Willkommen, Herr Melker, sagte der Liechtensteiner und stellte sich vor, Kücksen, Reichsgraf von Kücksen, ließ sein Monokel fallen, fing es mit der linken Hand auf, behauchte es und reinigte es mit dem Ziertuch und überlegte, wie die peinliche Situation am besten zu bereinigen sei. Melker zu beseitigen war zu riskant, wer wußte nicht auch, wo dieser war, andererseits war es vielleicht gerade der Wunsch des Anwaltsbüros Raphael, Raphael und Raphael, Melker verschwinden zu lassen, aber es konnte auch dessen Wunsch sein, ihn, von Kücksen – sacre bleu, die Lage war fatal. Zeit zum Telefonieren war nicht,

Wanzenried hätte Melker irgendwie aufhalten sollen, aber nun war er da. Er habe das Kurhaus für die Wintersaison gemietet, sagte von Kücksen und setzte das Monokel wieder ein, alles wundere sich, warum. Nun, Moses Melker sei hinter sein Geheimnis gekommen. Er habe das Kurhaus gemietet, um mit seinen Freunden Weihnachten zu feiern. Es wäre für sie alle eine große Ehre, wenn Moses Melker ihnen die Weihnachtspredigt halten könnte. Seine Freunde seien Künstler und Kunstfreunde. Verflucht, dachte Baby Hackmann, aber sah ein, daß es die einzige Lösung war. Moses Melker wankte durch die Halle, stieg über ausgestreckte Beine, ließ sich in einen Fauteuil fallen. Es kam ihm vor, als hätte er heimgefunden.

Am Heiligen Abend kam Jimmy doch. Eine halbe Stunde vor Sonnenuntergang ging Elsi zur Heilquelle in der Schlucht hinunter. Vom Wald hinter dem Kurhaus hörte sie Fronten rezitieren: »Wie an dem Tag, der dich der Welt verliehen, die Sonne stand zum Gruße der Planeten, bist alsobald und fort und fort gediehen nach dem Gesetz, wonach du angetreten.« Als sie aus der Quelle trinken wollte, die rauchend aus dem Felsen strömte, in ein Rohr eingefaßt, spürte sie jemand hinter sich und stand, sich umwendend, Marihuana-Joe gegenüber.

»Jimmy«, sagte Elsi.

Marihuana-Joe stand da und rührte sich nicht.

»Jetzt bist du doch wieder gekommen«, sagte Elsi.

Marihuana-Joe schwieg. Er schaute sie an. Seine Augen waren kalt und aufmerksam. Sie schaute ihn an. Er konnte nur Jimmy sein, wenn sie auch das Gefühl hatte, daß es nicht Jimmy sei. Er solle sie in die Arme nehmen, forderte sie ihn auf. Er nahm sie in die Arme. Er solle sie küssen, sagte Elsi. Er küßte sie. Elsi stieß ihn weg, schlug ihm ins Gesicht, er sei nicht Jimmy. Marihuana-Joe lachte, er sei aber Jimmy. Sie wurde unsicher. Wirklich? fragte sie. Wirklich, beteuerte Marihuana-Joe. Sie wisse nicht, sagte Elsi, er habe anders geküßt in der Milchglungge und in ihrem Bett. Wenn er wieder mit ihr in einer Milchglungge liege oder in ihrem Bett, küsse er wieder wie vorher, meinte Marihuana-Joe. Elsi setzte sich auf die Mauer und betrachtete ihn nachdenklich. Jimmy sei er schon, aber als er bei ihr in der Kammer gewesen sei, habe er nicht viel gesprochen, nur seinen Namen gesagt, was soll man auch anderes sprechen dabei, aber nun nehme es sie doch wunder, wer er sei. Ein Gangster, sagte er lächelnd, aber seine Augen blieben immer noch kalt und aufmerksam, doch sie war nun sicher, daß er Jimmy war. Der andere, fragte sie, in dessen Hintern sich Mani verbissen habe? Das sei Marihuana-Joe gewesen, sagte Marihuana-Joe. Auch ein Gangster? fragte sie. Auch, meinte er, und wie. »Super«, sagte Elsi, und dann fragte sie, ob viele Gangster im Kurhaus seien. Viele, antwortete er, und Elsi fragte neugierig, alles Gangster aus Amerika? Er nickte. »Lässig«, sagte Elsi. Darauf schwiegen sie. Eine Dohle kreiste heran und wieder fort. Sie fragte, ob er viele Menschen erschossen habe, und als er wieder nickte, sagte sie: »Echt geil.« Die Sonne ging unter. Trocken, sagte er, alles sei trocken im Durcheinandertal. Da dürfe man kein Feuer anmachen, sagte sie. Vielleicht doch, meinte er. Die Dohle kreiste wieder heran, kreiste wieder hinweg. Er fragte, ob er ihren Vater sprechen könne. »Denk wohl«, antwortete sie. Sie trank aus der Quelle, und dann gingen sie die Schlucht hinauf zum Dorf. Der Weihnachtsbaum war geschmückt, als sie die Wohnstube betraten. Wen sie da mitbringe, fragte der Gemeindepräsident mißtrauisch. Das sei Jimmy, sagte Elsi, er wolle sich entschuldigen wegen der verschütteten Milch. Der Gemeindepräsident begriff nicht. Jimmy sei der Mann, der sie vergewaltigt habe, erklärte Elsi. Er komme aus Amerika. Der Gemeindepräsident schluckte, ballte die Fäuste, fluchte: »Hurensiech, Sauhung, verdammter.« »Vater«, wies ihn Elsi zurecht. Marihuana-Joe gab zurück: »Stierengrind, Schafsekkel, verfluchter.« »Jimmy!« zischte ihn Elsi an, und dann stampfte sie auf den Boden, sie sollten nicht so blöd tun. »Das cheibe Meitschi«, sagte der Gemeindepräsident resigniert. »Elsi ma di de, u mi ma si de o«, lachte Marihuana-Joe. Der Gemeindepräsident starrte ihn verwundert an, warum er ihre Sprache rede. Er sei einer von ihnen, antwortete Marihuana-Joe, dem Pfarrer Preténder seiner, das Pfarrhaus hätten sie auch verkommen lassen, den ganzen letzten Winter sei er schlotternd nächtelang drin gesessen. Nicht diesen Winter, meinte der Gemeindepräsident, da sei er einmal in Elsis Stube gestiegen. Sie mache einen Kaffee-fertig, sagte Elsi und ging in die Küche. Er habe sich aber gewaltig verändert, wenn er Pfarrer Preténders Sepp sei, sagte der Gemeindepräsident. Er erinnere sich noch, wie Sepp vor fünfzehn Jahren das Dorf verlassen habe. Er erinnere sich auch, sagte Marihuana-Joe, der Gemeindepräsident sei schon damals ein Glünggi gewesen. Der Gemeindepräsident kratzte sich im Haar. Er könne ihn beim besten Willen nicht wiedererkennen. Das könne kein Mensch, antwortete Marihuana-Joe. Das mache sein Beruf. »Bist etwas Rechtes?« fragte der Gemeindepräsident. »Ein Killer eben«, sagte Marihuana-Joe trocken, sein Beruf sei, Halunken abzuschießen. Der Gemeindepräsident runzelte die Stirn. Das sei doch kein Beruf. In Amerika schon, sagte Marihuana-Joe. Und er verdiene damit? wunderte sich der Gemeindepräsident. Und wie, beteuerte Marihuana-Joe. Nur sei da noch etwas: sein Hintern. Er schwieg verlegen. Was er damit meine, fragte der Gemeindepräsident. »Schau halt mal«, sagte Marihuana-Joe und ließ die Hose runter. »Gottfriedstutz«, staunte der Gemeindepräsident, da habe jemand zugebissen, und dann strahlte er, das könne nur Mani gewesen sein. Das sei auch Mani gewesen, sagte Marihuana-Joe und zog die Hose wieder hoch. Aber Mani habe doch Wanzenried gebissen, meinte der Gemeindepräsident verwirrt. Von Kücksens Dobermann, erklärte Marihuana-Joe und erzählte das Ganze: »Dieser Lumpenhund, dieser Vagant, dieser Kunsthändler«, fluchte der Gemeindepräsident, habe ihn hereingelegt und Mani in Verruf gebracht, aber dann stutzte er, wer denn zum Teufel mit Elsi in der Milchglungge –? Jimmy, sagte Marihuana-Joe. Aber er sei ja Jimmy, sagte der Gemeindepräsident. He nun, er sei eben operiert worden, erklärte Marihuana-Joe, zum Glück, als die Regierungsräte gekommen seien, hätten die nicht die Waschküche besichtigt, da sei er in Vollnarkose gelegen, aber wie er dann sein neues Gesicht angeschaut habe, habe er geglaubt, er sei ein anderer, er sei nämlich nicht der, für den Elsi ihn halte, nicht Big-Jimmy, mit dem sie in der Milchglungge gelegen sei, sondern der, den Mani gebissen habe, man nenne ihn Marihuana-Joe, aber weil er für Elsi nun einmal der Jimmy sei, bleibe er für sie der Jimmy, all das beichte er nur, damit der Gemeindepräsident sehe, daß er's ernst meine. »Moment mal«, stutzte der Gemeindepräsident, Moment mal, wer sei jetzt in Elsis Kammer gestiegen, er, Marihuana-Joe, oder Big-Jimmy, wenn sie beide gleich aussähen? Das sei doch gleichgültig, sagte Marihuana-Joe, Hauptsache, er könne Elsi heiraten. Hauptsache, er sei ein Preténder, sagte der Gemeindepräsident. Ob ihn Elsi denn wolle? Wenn alles vorüber sei, frage er sie, sagte Marihuana-Joe, er habe einen Vorschlag zu machen. Worüber denn? wollte der Gemeindepräsident wissen. Über die im Kurhaus, antwortete Marihuana-Joe. Die seien in der Klemme und er auch. Bevor er hierher gekommen sei, habe er in einem Penthouse über dem Hudson einen Mann töten müssen, von dem er geglaubt habe, es sei sein Chef, aber vielleicht sei es gar nicht sein Chef gewesen, sondern einer, dessen Gesicht operiert worden sei, damit er glauben sollte, er habe seinen Chef getötet und in den Kamin gesteckt. Er kapiere nichts, sagte der Gemeindepräsident. Er auch nichts mehr, stimmte Marihuana-Joe zu. Er sei berühmt, das dürfe er ruhig behaupten, aber Big-Jimmy sei fast ebenso berühmt. Und nun habe man ihm die Visage Big-Jimmys gegeben, jetzt gebe es zwei Big-Jimmys. Eigentlich gebe es ihn, Marihuana-Joe, den Pretánder Sepp, gar nicht mehr. Eigentlich, gab der Gemeindepräsident zu. Dann müsse der Gemeindepräsident auch verstehen, erklärte Marihuana-Joe, warum er sich den Kopf zerbreche, warum man sein Gesicht so operiert habe, daß es wie jenes von Big-Jimmy aussehe. Zwei Big-Jimmys könne es nicht geben, sondern nur einen. Logisch, sagte der Gemeindepräsident. Wenn man einen Big-Jimmy töte, sagte Marihuana-Joe, gebe es immer noch einen Big-Jimmy. Kompliziert, sagte der Gemeindepräsident. Er sei überzeugt, sagte Marihuana-Joe, daß man ihn zu Big-Jimmy gemacht habe, um ihn zu beseitigen und nicht Big-Jimmy, als Marihuana-Joe sei er ja schon durch die Gesichtsumwandlung beseitigt. Darum sei er zu ihm gekommen, ein Pretánder zu einem anderen Pretánder, der Gemeindepräsident müsse ihm helfen, und damit sei auch dem Dorf geholfen. Elsi brachte den Kaffee-fertig.

In der Kirche sah es trostlos aus. Durch das beschädigte Dach funkelten Sterne, erloschen in den heranfegenden Wolken. Der Raum wurde notdürftig von einer herabhängenden Glühbirne erhellt. Die Mauer zur Sakristei war zusammengestürzt. Hinter ihr baumelte vom Turm ein Seil herunter. Der Gemeindepräsident kletterte auf den Schutt der zusammengestürzten Mauer, begann am Seil zu ziehen, im Turm begann eine Glocke zu bimmeln, dünn, die Feuerglocke. Aus den Häusern kroch es heraus, rückte heran. Marihuana-Joe bestieg die Kanzel, brach auf der Treppe mit einem Bein ein, eine Stufe höher mit dem andern, auf der letzten Stufe mit beiden, stemmte sich hinauf. Langsam füllte sich die Kirche. Es war so dunkel, daß man einander kaum sah. Marihuana-Joes Stimme kam wie aus einem verhangenen Himmel, um so unheimlicher, weil im Föhnsturm, der immer mächtiger wurde, sein Gesicht im Licht der Glühbirne aufleuchtete, die hin und her schwankte. Marihuana-Joes Gesicht glühte auf und erlosch, glühte wieder auf und erlosch. Immer wieder. Sein Vater, hörten die Versammelten, die sich in der halb abgedeckten Kirche eng aneinanderdrängten, wie vom wütenden Sturm zusammengepreßt, sein Vater, der Pfarrer, Emanuel Preánder, habe jedes Jahr um diese Zeit seine Heiligabend-Andacht gehalten, hier auf der Kanzel wo er jetzt stehe, sein Sohn Sepp, und wo jetzt ein Haufen Steine und Mörtel liege, habe ein Weihnachtsbaum gestanden, mit Äpfeln, bunten Kugeln und vielen Kerzen. Und sein Vater habe ihnen das Weihnachtsevangelium gepredigt: Siehe, ich verkündige euch große Freude, denn euch ist heute der Heiland geboren, vierzig Jahre habe er ihnen das gepredigt, der schlechtbesoldetste Pfarrer im hintersten Dorf im Kanton, und habe es genützt? Die Toten seien leichter zu erwecken als sie da unten aus ihrer Faulheit und Bequemlichkeit. Die Kirche sei zusammengekracht, das Pfarrhaus sei zusammengekracht, wo er geboren sei, das Dorf sei am Zusammenkrachen, und einen Tannenbaum hätten sie auch nicht mehr. Wenn er sie da unten in diesem jämmerlichen Licht sehe, komme es ihm vor, als rede er zu einem Feld von Kabisköpfen. Unten klebten sie aneinander, Leib an Leib, Männer und Weiber, schwitzend in der trockenen Wärme der Luftmassen. Sie hörten zu durch das Heulen und Toben, wie sie noch nie zugehört hatten. Wer zu ihnen redete, war einer von ihnen. Des alten Pfarrer Preténders Sepp. Und was Sepp redete, war die Wahrheit. Sie tat weh, die Wahrheit, sie verbrannten in ihr wie in der Hölle. Sie hätten Sepp von der Kanzel reißen mögen, verhauen, zerkratzen, erdrosseln mögen, aber er hatte recht, sie waren dumpf, faul, vertrottelt. Was seien sie doch einmal für tolle Kerle gewesen, hörten sie ihn von der morschen, wurmstichigen Kanzel herunter. Sie hätten die Österreicher, die Deutschen und Karl den Kühnen vermöbelt, zerhackt, durchstochen und deren Köpfe an ihre Spieße gesteckt und gejodelt dazu. Sie hätten keine Gefangenen gemacht, sondern ihre Feinde, hops, ins Jenseits befördert, wie er, hops, Little-Bourbon, Small-James, Minnesota-Bill und den Olschowski-Clan ins Jenseits befördert habe, wobei er zweifle, ob diese da oben als Engel herumkurvten. Die seien Halunken gewesen, sicher, aber er habe eine größere Achtung vor denen als vor ihnen da unten, die Teufelskerle hätten sich durchs Leben gepokert, gegaunert und gehurt, jederzeit in Gefahr, auf dem elektrischen Stuhl geröstet zu werden, während sie da unten sich durchs Leben jammerten. Es gehe nicht um Pretánders Hund, ob nun das Vieh noch lebe oder nicht, sei gleichgültig, auch nicht um Elsis Jungfernschaft, ob die nun in einer Milchpfütze verlorengegangen sei oder nicht, spiele keine Rolle, sie wäre ohnehin bald verlorengegangen, es gehe auch nicht um den Gemeindepräsidenten, wenn der zuerst nicht geklagt habe und dann doch, sei er ein Lappi gewesen, es gehe um die Ehre, zu zeigen, daß sie mehr als Heu im Kopf hätten, um ihren Stolz, darum, daß sie jemand seien, jemand Widerborstiges, mit denen nicht gut Kirschen essen sei und die es faustdick hinter den Ohren hätten. Sie sollten nachdenken, Himmeldonner! Warum täten die im Kurhaus so, als sei es leer? Weil niemand wissen dürfe, daß es bewohnt werde. Von wem? Da müsse schon einer kommen wie er, der die Peperozzi-Familie mit einer Maschinenpistole niedergemäht habe, um ihre Gehirnwindungen wie einen alten Benzinmotor anzukurbeln. Im Kurhaus überwinterten neben gewöhnlichen Mördern und Einbrechern, Zuhältern und Rauschgifthändlern, die das Fußvolk jeder anständigen Gangsterbande ausmachten, Big-Ji-Marihuana-Joe, Lincoln-Fat, Baby Hackmann, Potomac-Charlie, sechzehn weitere Namen könnte er ihnen noch vorbuchstabieren, alles berühmte Nummern, Himmelsmusik in den Ohren der Polizei, vor der die alle sicher seien, weil sie im Kurhaus überwintern könnten, und ihre Teufelsfratzen ließen sie in der Waschküche zu Engelsgesichtern ummontieren. Aber wenn sie da unten einen Kopf hätten anstelle eines Kürbis, würden sie in dieser Heiligen Nacht, wo den armen Tröpfen, die sie seien, der Tannenbaum fehle, das Kurhaus als einen Tannenbaum benützen, den prächtigsten, der in diesem lausigen Tal je gebrannt habe. Die Kirche war wie ein Schwitzkasten. Auf der Kanzel predigte Pretánders Sepp, der Föhn spielte die Orgel, und ihre Hirne begriffen langsam, schwitzten ihre Trägheit heraus. Das Kurhaus hatte sie korrumpiert, ihre Urgroßeltern, ihre Großeltern, ihre Eltern, sie und ihre Kinder und Kindeskinder. Dabei hatten sie doch einmal die Fremden aus dem Lande gejagt, mit Baumstämmen und Felsen zugedeckt am Morgarten vor vielen, vielen Jahren, und nun lebte man von den Fremden, das ganze Land, oder verlumpte, waren die Fremden nicht mehr da, wie sie im Dorf verlumpt waren, seit im Kurhaus der Segen der Armut einer stinkreichen Gesellschaft gepredigt wurde. Und jetzt, wie sie verlumpt waren, wie wurden sie behandelt? Wie die letzten Fötzel. Wie Landesverräter, die Russen versteckten. Mit der Armee war man gekommen, mit der Armee, und wie ein Geßler war der Regierungspräsident als Oberst im Dorf herumspaziert und hatte ihre Häuser durchsuchen lassen, und das Fernsehen konnten sie auch nicht sehen wie sonst das ganze Land. Aber es geschah ihnen recht, sie hatten sich nicht gewehrt und den Regierungspräsidenten nicht verprügelt. Sie schämten sich, mit der Scham kam die Wut, und mit der Wut kam der Stolz. Sie fühlten sich als Einheit, als Volk, mehr als ein Volk, als Urvolk, das Durcheinandertal gehörte ihnen, sie hatten hier zu befehlen, sie waren die gleichen wie vor Jahrhunderten, Jahrtausenden geblieben, wie vom Anfang der Welt an, und nicht verweichlicht wie in der Kantonshauptstadt. Wenn das Kurhaus niederbrenne, prophezeite Sepp, werde sich niemand darum kümmern, nicht einmal die Polizei werde nach der Brandursache forschen, keine Versicherung Untersuchungen anstellen, denn würde in der Brandruine herumgestochert, was würde man finden? Die verkohlten Überreste von Lincoln-Fat, von Potomac-Charlie, von Holy-Brandy, von Big-Ji-von Marihuana-Joe und von den anderen kriminellen Koryphäen. Das sei für die Politiker und die Rechtsanwälte zu gewagt, die seien mit dem Kurhaus zu verfilzt, die wüßten längst Bescheid, und die Polizei wolle auch nicht als ein Löl dastehen. Mit einem Mal hörte der Föhnsturm auf. Die Glühbirne hing ruhig. Sie konnten einander in ihre schweißüberströmten Gesichter sehen. Eine unbändige Lust überfiel sie, Schluß mit dem Kurhaus zu machen, zu zerstören, niederzubrennen, und als Sepp Pretánder seine Predigt mit »Amen, Halleluja, Hosianna« schloß und die Kanzel durchbrechend bäuchlings auf sie fiel, trugen sie ihn wie einen König zum Depot der Feuerwehr, die Wirte ›Zum Eidgenossen‹, ›Zur Schlacht am Morgarten‹, ›Zum General Guisan‹, ›Zum Hirschen‹ und

›Zum Spitzen Bonder‹ rollten ihre leeren Schnaps- und Weinfässer zur Garage, wo der Garagist sie mit Benzin füllte, und die Glocke bimmelte zum Angriff.

Die bewaldete Talseite, an der das Kurhaus lag, wird durch eine kleine, aber tiefe Schlucht gespalten. Durch diese ergießt sich ein Wildbach in die große Schlucht, die das Dorf vom Kurhaus trennt. Jenseits der kleinen Schlucht spähte unter dem Geäst einer Tanne unterhalb einer Schotterstraße Michael zum Kurhaus hinüber. Er hörte das Bimmeln der Feuerglocke, dann verstummte es jäh. Im Dorf gingen die Lichter aus. Eine Stunde verging. Das Kurhaus lag auf der anderen Seite der Schlucht, eine dunkle vergiebelte Masse mit den zwei Wohntürmen, nichts drang nach außen, nichts wies auf die Weihnacht, die man darin feierte. Es ging gegen elf. Von drüben hörte er Geräusche, eine dunkle Masse drang von der Schlucht gegen das Kurhaus herauf. Immer mehr Sterne wurden sichtbar. Das ungeheure Band der Milchstraße. Am jenseitigen Hang hoch über dem Kurhaus rezitierte der Schulmeister: »Da ists denn wieder, wie die Sterne wollten: Bedingung und Gesetz; und aller Wille ist nur ein Wollen, weil wir eben sollten«, blödsinnig zu dem, was sich unter Michaels spähenden, ruhigen Augen vorbereitete: Nun sichtbar in der sternenklaren Nacht, rollte der Motorfeuerwagen in Stellung, wurden die Schläuche gelegt, an die Hydranten angeschlossen. Lautlos, nur Schatten, gerade noch auszumachen.

Im Gegensatz zum trostlosen Kircheninnern stand in der Kurhaushalle ein mit Christbaumschmuck derart überhäufter Weihnachtsbaum, daß von ihm kaum mehr etwas zu sehen war. Doch war es nicht ein gewöhnlicher Christbaumschmuck, der da hing, der Baum war mit Revolvern und Maschinenpistolen behängt, in deren Läufen die brennenden Kerzen steckten, auch hatte Baby Hackmann aus Ärger, daß er nicht hatte zudrücken dürfen, einige Eierhandgranaten als Weihnachtskugeln befestigt. Um den Baum herum von Kücksen, Oskar und Edgar, die Prominenz von Niagara-Vat über Red-Flowers bis zu Potomac-Charlie, die in Ohrensesseln und auf Ledersofas Moses Melker erwarteten. Dieser hatte sich seit Stunden in den Schreibsalon zurückgezogen, wo sonst gepokert wurde. Die Stimmung war düster und bedrohlich. Die Halle war verqualmt, jeder schlotete nervös, Wanzenried wagte nicht zu lüften, draußen rezitierte Fronten bald nah, bald fern Goethe. Big-Jimmy hatte Marihuana-Joe immer noch nicht aufgetrieben, auch

Doc war verschwunden. Baby Hackmann war überzeugt, daß Melker ein Spion des Syndikats sei, an das sie der Große Alte verkauft habe, es sei höchste Zeit, ein eigenes Syndikat zu gründen, er frage sich seit langem, was dieses Kurhaus für einen Sinn habe und wozu dieser Doc eigentlich operiere, er habe verdammt lange an Marihuana-Joe herumgearbeitet, und nun sei Alaska-Pint in der Waschküche. Doch waren nicht alle wie Hackmann mißtrauisch; sie dachten, Melker sei mit einer geheimen Botschaft des Großen Alten gekommen, durch von Kücksen sei er gezwungen, die Pläne des Großen Alten in Form einer Weihnachtspredigt bekanntzugeben. Der Reichsgraf dagegen war überzeugt, wieder einmal falsch gehandelt zu haben, er hatte inzwischen nach Zürich telefoniert, aber die Minervastraße 33a meldete sich nicht, eine Stimme sagte, die Nummer sei außer Betrieb, er rief einen befreundeten Galeriebesitzer in Zürich an, der fuhr hin und telefonierte zurück, eine Nummer 33a in der Minervastraße gebe es nicht. Endlich kam Moses Melker, blieb hinter einem Fauteuil stehen, legte die Hände auf die Lehne, schaute auf die Versammlung, blinzelnd unter seinen buschigen Augenbrauen, lächelnd mit wulstigen Lippen. Hatte sich in ihm in der Sommersaison oft etwas Finsteres, Bedrohliches zusammengeballt, so daß nach seinen Morgenandachten die reichen Witwen, Generaldirektoren und Konzernbesitzer usw. geradezu verängstigt die Freuden der Armut auf sich genommen hatten, so schien er jetzt ein anderer, er strahlte Heiterkeit aus, ein fröhlicher Urwaldmensch, begierig, seine Erkenntnis mitzuteilen.

»Fürchtet euch nicht, siehe, ich verkündige euch große Freude, die allem Volk widerfahren wird, lautet die Weihnachtsbotschaft bei Lukas im zweiten Kapitel, Vers zehn«, begann er. »Allem Volk, also auch euch, den Halunken, Vaganten und Schurken«, fuhr er fort, ohngeachtet, daß diese Anrede die Versammelten schockieren mußte, sahen sie sich doch als Geschäftsleute mit etwas ungewöhnlichen Methoden.

Nur von Kücksen schmunzelte. Melker wagte, was der Reichsgraf nie gewagt hatte, das Gesindel beim Namen zu nennen.

»Freude warum? Weil der Große Alte mit seiner gewaltigen Hand gleichsam ins Nichts – minus 273 Grad – gegriffen und euch aus dem Nichts geformt hat.«

Melker war stolz auf sein Gleichnis, Potomac-Charlie überlegte, ob der Große Alte etwas in Alaska plane.

»Wenn die Armen und Hungernden ins Himmelreich kommen«, predigte Moses Melker, »weil der Große Alte Mitleid mit den armen Schluckern hat, und die Reichen bloß deshalb, weil ihm nichts anderes übrigbleibt, als gnädig zu sein, so seid ihr die einzigen, die das Himmelreich verdienen, seid ihr seine Freude, sein Stolz, sein Loblied, das er auf sich selber anstimmt.«

Das erste Mal, daß der Große Alte eine Weihnachtsgratifikation gewährt, dachte Lincoln-Fat erfreut.

»Nicht im Höhenflug des menschlichen Geistes«, fuhr Moses Melker fort, »nicht in all diesen hehren Gedanken sieht sich der Große Alte gespiegelt, die kann er selber denken, sondern im Abschaum der Menschheit, in euch, den Kriminellen. Er liebt euch, wie ihr seid, wie ihr ihn liebt, wie er ist. Für die Armen und die Reichen, aber auch für die ewig Gerechten, die es höchstens zum Steuerschwindel, zu Geldwäscherei, Fahrausweisentzug und Politik bringen, ist er der liebe gute Alte, der fünf gerade sein läßt, aber für euch ist er der unerbittliche Boß. Sein Zorn brennt und ist sehr schwer, seine Lippen sind voll Grimmes und seine Zunge wie ein verzehrend Feuer.«

Er habe es immer gewußt, dachte Minnesota-Bill, Baby Hackmann sei zu unvorsichtig gewesen, er werde diese Nacht nicht überleben.

»Der Große Alte ist nicht gekommen, Frieden zu senden, sondern das Schwert. Er, der verschlingt, was er erschaffen hat, Pflanzen, Tiere und Menschen, der Taifune und Hurrikane entfesselt und die Erde beben läßt«, rief Moses Melker aus, »hat euch zu seinem Werkzeug erwählt und befohlen, die Hethiter, Girgasiter, Ameriter, Kanaaniter, Pheresiter, Heviter und Jebusiter auszurotten.«

Mein Gott, dachte Baby Hackmann, wie viele neue Syndikate es jetzt gebe, und Holy-Brandy überlegte, ob der Große Alte jetzt ins Waffengeschäft einsteigen wolle.

Moses Melker redete weiter. Wie die angestauten Gase im Innern eines Vulkans diesen schlagartig entzweireißen, explodierte der Theologe des Reichtums, er pulverisierte sich, wenn auch die Vulkanasche, die nun auf die um ihn gelagerten Berufsverbrecher niederprasselte, durchaus noch theologisch war.

»Wenn die Armen zu faul sind, um durch ehrliche Verbrechen reich zu werden«, predigte Moses Melker, »und die Reichen in den Ferien die Armut aus Blechtellern löffeln, um sich durchs Nadelöhr der Gnade zu quetschen, ist die Christenheit euer Lohn. Geht mit ihr um, wie ich mit meiner persönlichen, familiären Christenheit umgegangen bin.

Ich bin einer von euch, nicht der Theologe des Reichtums, sondern der Theologe des Verbrechens, ist doch der Große Alte nur als Verbrecher denkbar. Meine erste Frau habe ich von einer Eiche und meine zweite in den Nil gestoßen und am Sonntag meine dritte mit Truffes zu Tode gestopft. Im Namen des Großen Alten, alle drei sind so reich gewesen, daß ich sie geheiratet, und so fromm, daß ich sie ermordet habe.«

Doch hörte ihm niemand mehr zu. Aus der Waschküche war Alaska-Pint durch den unterirdischen Gang herübergetaumelt. Das Gesicht verbunden, nur die Augen sichtbar, war er einem Kanapee zugewankt und hatte sich darauf niedergelassen. Er hatte nur Hethiter, Ameriter und Jebusiter gehört. Jetzt beginne der Bandenkrieg auch hier, hatte er verzagt gedacht. Big-Jimmy war mißtrauisch geworden und hatte Alaska-Pint den Verband vom Kopf gewickelt. Dieser starrte Big-Jimmy an und schlief ein.

»Tatsächlich«, sagte Baby Hackmann, »Marihuana-Joe sieht aus wie du, Big-Jimmy.«

»Das ist nicht Marihuana-Joe«, sagte Big-Jimmy, der sich in seinem Fauteuil vorgebeugt hatte, »das ist Alaska-Pint. Jetzt gibt es drei Big-Jimmys.« Er sprang auf, so heftig, daß der Fauteuil umfiel.

»Doc, wo ist Doc?« schrie er. »Schon lange hab ich ihn nicht mehr gesehen. Uns alle will er wie mich machen, ein Syndikat aus lauter Big-Jimmys. Wozu? Um das Syndikat zu liquidieren! Auf wessen Befehl? Steckt der Große Alte dahinter? Wer ist das überhaupt? Es weiß niemand, wie er aussieht und niemand, ob es ihn gibt, am wenigsten der krausbärtige Neandertaler. Der ist nur ein Amateur, und mit dem Großen Alten meint er bloß Gott.«

Alle sprangen hoch, teils um die Waffen vom Weihnachtsbaum zu reißen, teils um Moses Melker zu ergreifen, Baby Hackmann zuerst, jetzt würde er zudrücken, aber vom Ausgang her rollte ein Weinfaß aus der Dorfpinte, und wie Big-Jimmy, die Wahrheit ahnend, zum Ausgang rannte und dem Schnapsfaß ausweichen mußte, das dem Weinfaß nachrollte, stand er im Ausgang aufs neue sich selber gegenüber, Marihuana-Joe, der ihn haßerfüllt mit gezücktem Revolver fixierte, und so plötzlich donnerte hinter seinem Rücken die Explosion los, daß er auf sein Ebenbild und dieses auf den Boden geworfen wurde, und fast gleichzeitig fühlte er, auf Marihuana-Joe hingeschmettert, wie Zähne mit der Mordlust eines Racheengels seinen Hintern zu zerfetzen begannen, und wie ihn und Marihuana-Joe die prasselnden Flammen verschlangen, hörte er noch von Ferne die Stimme des

Gemeindepräsidenten, »Mani, laß los, Mani, loslassen! Teufel, wenn der Hund sich wieder verbeißt, verbrennt er mir noch.« Eine Lichtflut tauchte den Lastwagen in grelles Licht, aus dem nun Fässer rollten, die wiederum von Feuerwehrmännern in alten schwarzroten Uniformen und Helmen in das Portal gerollt wurden, rhythmisch schreiend, eine Explosion erschütterte die Nacht, immer weitere Explosionen, eine Stichflamme schoß in den Himmel, die Sterne verschwanden, das ganze Kurhaus stand mit einem Mal in Flammen, umringt von der Motorspritze, von Traktoren, von Bauern, bewaffnet mit Heugabeln und Äxten, wie sie gebraucht werden, Bäume zu fällen, aus dem Portal rannte der Hund mit brennendem Fell, wälzte sich am Boden, aus dem Portal stürzten Männer, die Feuerwehr richtete ihre Wendrohre, spritzte die wieder hinein, die sich retten wollten, im Innern immer wieder Explosionen der Waffenlager, die Weiber bedienten wie verrückt die Motorpumpe, kreischend die Witwe Hungerbühler, sinnlos ihren Zorn über die nie beantworteten Briefe abreagierend, die Feuerwehrmänner spritzten und spritzten, ihre Wasserlanzen trieben Gestalten vor sich her, sie überschlugen sich, wurden durch die Kraft des Wasserstrahls wie Pakete ins Feuer zurückgeworfen, der Wald, der Himmel nahmen die Farbe der Hölle an, jemand vermochte sich zu befreien, lief mit lichterloh brennenden Kleidern den Bauern entgegen, einer von ihnen schlug mit der Axt zu, der Mann stürzte zu Boden, immer noch in Flammen, drei Bauern schoben ihre Heugabeln unter den brennenden schreienden Mann, trugen ihn gegen das Kurhausportal, warfen ihn hinein, flüchteten zurück, das Kurhaus begann in sich zusammenzubrechen, die Bauern und Weiber stoben auseinander, Lustenwyler, der Polizist, raste in seinem Jeep herbei, aber offenbar stockbetrunken, war er über das Steuerrad gesunken und fuhr durch das Portal, das über ihm zusammenstürzte, und die Dependance, von der Feuerglut erfaßt, die sie durch den unterirdischen Verbindungsgang ansog, loderte auf, eine einzige Flamme. Nun begann auch der Wald zu brennen, der Föhnsturm hatte alles ausgetrocknet, das Feuer fraß den Wald. Die Bauern wichen zurück. Irgendwo war der Schulmeister zu hören, hinter den Flammen oder schon in den Flammen: »Da sprühen Funken in der Nähe wie ausgestreuter goldner Sand, doch schau: In ihrer ganzen Höhe entzündet sich die Felsenwand.« Der Westturm fiel in sich zusammen. Auf einer Terrasse des Kurhausdaches schrien von Kücksen, Oskar und Edgar um Hilfe.

Von unten schossen an der Fassade des Ostturms die Flammen hoch. In einer Ecke des Turmzimmers saß Moses Melker auf dem Fußboden, die Hände um die angezogenen Knie gefaltet. Neben ihm sein Manuskript ›Preis der Gnade‹ und die Uhr mit dem einzigen Zeiger, der bei Melkers Alter stehengeblieben war. Vor ihm der Tisch mit den drei Stühlen, hinter ihm das Fenster. Auf dem Tisch ein Paket Kaffee Oetiker Fr. 10.15. In der Ecke ihm in der Diagonale des Raums gegenüber ein Schaukelstuhl, der noch wippte. Jemand war dagewesen. Das deckenlose Turmzimmer wurde vom Dachstuhl her beleuchtet, wo ein Balken brannte. Melker war gekommen, sich dem Urteil zu unterwerfen, aber niemand fällte das Urteil. Nicht über seine Morde. Den Flammen war es gleichgültig, wen sie verschlangen, sie würden einmal alles verschlingen. Was er suchte, war einen Urteilsspruch über sich und den Großen Alten. Der Zweikampf hatte in der Pilgermissionsanstalt angefangen. Er war mit dem Gott seiner Jugend nach Sankt Chrischona gekommen, den er aus teils geträumten, teils wirklichen Elementen geformt hatte, aus seinem unbekannten katholischen Vater, der in einer Märznacht mit geflickten Socken zu seiner unbekannten evangelischen Mutter geschlichen war, sowie aus seinen betrunkenen, sich prügelnden Pflegeeltern und dem

Gefühl, vor ihren Schlägen in wunderbarer, glücklicher Sicherheit zu sein. Unten explodierte der Feuerwagen. Der Ostturm erzitterte. Dazu kam die ungeheure, nie gestillte Sinnlichkeit, die schon im jungen Melker tobte, die er dem Gott zuschrieb, den er zusammenphantasiert hatte: Seine eigene Sinnlichkeit war nur ein Abglanz der Sinnlichkeit dessen, der ohne sie die Welt nie erschaffen hätte und die Welt vielleicht nur erschaffen hatte, um sie in dem schier unendlichfachen Entstehen und Zugrundegehen des Erschaffenen zu spüren. Das Kurhaus krachte zusammen, und mit ihm brachen von Kücksen, Oskar und Edgar in die feurige Masse hinab. Melker hörte ihr Schreien. Schöpfung und Vernichtung der Schöpfung als Orgasmus. In der Pilgermissionsanstalt lernte Moses Melker einen anderen Gott kennen, den Gott der Theologie mit Eigenschaften wie Unsterblichkeit, Allmächtigkeit, Allwissenheit und mit allen Attributen der Vollkommenheit derart ausgestattet, daß er unvorstellbar wurde. Nur der Ostturm stand noch. Der brennende Balken fiel herunter, glühte auf und zerbrach, verkohlt, im Turmgestühl begannen zwei Balken aufzulodern. War Moses Melker ein Teil der Sinnlichkeit Gottes gewesen, wurde er nun von ihr getrennt. Gott wurde zu einer bloßen Idee. Der Schaukelstuhl hörte nicht auf zu wippen. Zurück blieben Melkers Bewußtsein seiner Häßlichkeit und seine Sinnlichkeit, zurück blieb eine Hölle. Eine Stichflamme schoß zwischen Moses Melker und dem Tisch mit den drei Stühlen hoch, schoß hinauf, erfaßte den Dachstuhl. Moses Melker suchte einen Menschen, Gottes Sohn. Doch wieder spielte ihm die Theologie einen Streich: Sie idealisierte den Sohn Gottes. Die Huren und Zöllner wurden ihm weggedacht, bei denen er sich wohlgefühlt, deren Witze und Zoten er gehört und auch darüber gelacht hatte, er wurde nie als Mensch ernst genommen, sondern nur als Gott, der den Menschen spielte, weil er ein Gott war, der nie bei Weibern liegen durfte. Schwarzer Rauch quoll aus dem Fußboden, durch den er den brennenden Tisch und die Stühle kaum noch sah. Gottes Sohn wurde etwas Abstraktes, abstrakter noch als der Vater, aber auch etwas Kitschiges, ein Marzipanheiland am Kreuz. »Steig herunter«, rief Melker zu ihm, »ein Gott, der sich kreuzigen läßt, spielt Theater, Oberammergau oder Hollywood, die beiden Schächer sind glaubhafter als du, es sind Menschen, die da gekreuzigt werden.« Ein tosendes Prasseln, Knacken und Bersten war um Moses Melker, ein Geheul verbrennender Bauern und Verbrecher. Durch all die Legenden und Wundergeschichten hindurch ahnte Moses Melker einen Menschen, einen Juden aus Galiläa, Sohn eines Zimmermanns, zerlumpt, mit dreckigen Füßen, einen Menschen, der so war wie er, dick wie er, mit wulstigen Lippen und krausem Bart, sündig wie er, der ihn erkennen würde, seine Gier nach Reichtum und seine Scham über den Mordweg, den er einschlagen mußte, um reich zu werden, der ihm sagen würde, denk dir keinen Gott mehr aus, dann brauchst du dir auch keine Hölle auszudenken. Der Mensch braucht den Menschen und keinen Gott, weil nur der Mensch den Menschen begreift. Die Wand mit dem Fenster brannte, ein Feuerteppich. Er stieg nicht vom Kreuz, er wurde zu einem Gott mit Bart, zum Großen Alten, der Moses Melkers Zwiespalt löste: Als armem Moses gehörte ihm das Himmelreich, als reichem Moses fiel es ihm aus Gnade zu. Moses Melker kam auf seine Theologie, die Multimillionäre und Witwen von Multimillionären dazu verführte, Nachttöpfe zu leeren, einen ungenießbaren Fraß zu kochen und in Armut zu schlemmen. Der Tisch und die Stühle waren nun ein verkohlter Haufen, auf dem unversehrt das Paket Kaffee stand. Doch als er an diesem Morgen erkannt hatte, wozu das ›Haus der Armut‹ mißbraucht wurde, und ihn der Reichsgraf aufgefordert hatte, mit den Verbrechern Weihnachten zu feiern, wurde ihm, da er doch selber ein Verbrecher war, der Unsinn seiner Theologie bewußt, die der Unsinn jeder Theologie war: Sie fiel auf sich selber herein, tappte in die Falle ihrer Begriffe, dachte sich Gott vollkommen und die Welt unvollkommen, eine reine Gedankenkonzeption das Ganze, ohne Bezug zur Wirklichkeit, und wie er das erkannt hatte, dachte er den Gott seiner Jugend wieder als Idee, den sinnlichen Gott, den Gott, der seine Schöpfung liebte und nicht wertete, der sie aus unbändiger Freude erschaffen hatte und aus unbändiger Freude wieder zerstören würde, so wie seine Schöpfung sich selber immer wieder erschuf und zerstörte. Der Fußboden hielt immer noch, und auch der Schaukelstuhl war noch da, sprang manchmal, von Feuerstößen erfaßt, herum. Moses Melker spürte die Lust, die er beim Mädchen am Ufer der Grien unter den Weiden erlebt hatte, sie war eins mit der Lust Gottes, und alles war in Ordnung, der Arme und der Reiche und der Verbrecher, das Gute und das Üble, alles war aus einer einzigen schöpferischen Laune heraus entstanden. Über ihm brannte der Turm, ein Flammengeprassel, der Große Alte war sein Gedanke, seine Idee, seine Schöpfung und nichts außerdem. Bei einem Physiker hatte er einmal gelesen, wenn die Wirklichkeit reden könnte, so würde sie keine physikalischen Formeln aufsagen, sondern ein Kinderlied singen, und so dachte er, wenn Gott sich zeigen könnte, wäre er etwas völlig Unbegreifliches, Abstruses wie das Paket Kaffee Oetiker Fr. 10. 15 oder der herumtanzende Schaukelstuhl, und wie die Flammen durch den Fußboden brachen, wußte Moses Melker, daß er nun wahnsinnig wurde; wenn Gott seine Erfindung war, mußte auch die Welt seine Erfindung sein, und neben seinem von ihm erfundenen Gott und seiner von ihm erfundenen Welt mußte es noch die Götter und die Weltalle geben, welche von den anderen Menschen erfunden worden waren, die Welt war ein ständig anwachsendes, von ineinandergeschachtelten Weltallen gebildetes Welthirn, dessen einzelne Neuronen wiederum aus ineinandergeschachtelten Weltallen bestanden, deren jedes aus einem Ich bestand, das dieses Weltall dachte samt den Galaxien, Sonnen und Planeten, die es brauchte, um die Evolution in Gang zu setzen, die auf dem Weg über Einzeller, Vielzeller, Weichtiere, Wirbeltiere den Menschen erzielte, der in einem phantastischen Zirkelschluß wiederum das Weltall dachte und einen Gott, einen hundertköpfigen oder tausendfüßigen, einen vielnasigen oder einen aus Holz oder aus Gold, oder eine vielbrüstige Göttin, so viele Götter wie Weltalle, unter ihnen auch den Großen Alten Moses Melkers, der sicher anders aussähe, als sein Erdenker ihn sich vorstellte, ein Gott, der, weil er als ewig erdacht war, auch leben würde samt der Welt, die sich Moses Melker dachte und samt all den anderen Welten und Göttern, die andere dachten. Als Moses Melker solches noch dachte, fing er an zu lachen. Dann brannte auch er, und neben ihm brannte das Manuskript ›Preis der Gnade‹, gewidmet Cäcilie Melker-Räuchlin, und schmolz die Uhr, und der Schaukelstuhl brannte und der Kaffee, und alles brach in die Tiefe hinunter.

Vor dem Haus des Gemeindepräsidenten lag der Hund, neben ihm stand Elsi. Sie schaute auf den brennenden Wald, auf die lodernde Feuerwand jenseits der Schlucht, welche die Bewohner des Dorfes verschlungen hatte und noch verschlang. Sie lächelte. Weihnachten, flüsterte sie. Das Kind hüpfte vor Freude in ihrem Bauch.

Neuchâtel, 19. 4. 89